文
景

———————

Horizon

社 科 新 知　文 艺 新 潮

Thomas
Bernhard

维特根斯坦的侄子：
一场友谊

Wittgensteins Neffe.
Eine Freundschaft

[奥地利] 托马斯·伯恩哈德 著

马文韬 译

上海人民出版社

目　录

特立独行的伯恩哈德——伯恩哈德作品集总序

托马斯·伯恩哈德（1931—1989）是奥地利最有争议的作家，对他有很多称谓：阿尔卑斯山的贝克特、灾难作家、死亡作家、社会批评家、敌视人类的作家、以批判奥地利为职业的作家、夸张艺术家、语言音乐家等。我以为伯恩哈德是一位真正富有个性的作家。叔本华曾写道："每个人其实都戴着一张面具和扮演一个角色。总的来说，我们全部的社会生活就是一出持续上演的喜剧。"[1]伯恩哈德是一位憎恨面具的人。诚然，在现实社会中，绝对无遮拦是不可能的，正如伯恩哈德所说："您不会清早起来一丝不挂就离开房间到饭店大厅，也许您很愿意这样做，但您知道是不可以这样做的。"[2]是否可以说，伯恩哈德是一个经常丢掉面具的人。1968年在隆重的奥地利国家文学奖颁奖仪式上，作为获奖者的伯恩哈德在致辞时一开始便说"想到死

1　叔本华：《叔本华思想随笔》，韦启昌译，上海人民出版社，2003年，第106页。

2　Thomas Bernhard, *Eine Begegnung: Gespräche mit Krista Fleischmann*, Suhrkamp, 2006, p.43.

亡，一切都是可笑的"，接着便如他在其作品中常做的那样批评奥地利，说"国家注定是一个不断走向崩溃的造物，人民注定是卑劣和弱智……"，结果可想而知，文化部长拂袖而去，文化界名流也相继退场，颁奖会不欢而散。第二天报纸载文称伯恩哈德"狂妄"，是"玷污自己家园的人"。同年伯恩哈德获安东·维尔德甘斯奖，颁奖机构奥地利工业家协会放弃公开举行仪式，私下里把奖金和证书寄给了他。自 1963 年发表第一部长篇散文作品《严寒》后，伯恩哈德平均每年都有一两部作品问世，1970 年便获德国文学最高奖——毕希纳奖。自 1970 年代中期，他公开宣布不接受任何文学奖，他曾被德国国际笔会主席先后两次提名为诺贝尔文学奖候选人，他说如果获得此奖他也会拒绝接受。不俗的文学成就，使他登上文坛不久便拥有了保持独立品格所必要的物质基础，使他能够做到不媚俗，不迎合市场，不逢迎权势，不为名利所诱惑，他是一个连家庭羁绊也没有的、真正意义上的富有个性的自由人。如伯恩哈德所说："尽可能做到不依赖任何人和事，这是第一前提，只有这样才能自作主张，我行我素。"他说："只有真正独立的人，才能从根本上做到真正把书写好。"[1]"想到死亡，一切都是

---

1 Thomas Bernhard, *Eine Begegnung: Gespräche mit Krista Fleischmann*, Suhrkamp, 2006, p.110.

可笑的。"伯恩哈德确曾很早就与死神打过交道。1931年，怀有身孕的未婚母亲专门到荷兰生下了他，然后为不耽误打工挣钱，把新生儿交给陌生人照料，伯恩哈德上学进的是德国纳粹时代的学校，甚至被关进特教所。1945年后在萨尔茨堡读天主教学校，伯恩哈德认为，那里的教育与纳粹教育方式如出一辙。不久他便弃学去店铺里当学徒。没有爱的、屈辱的童年曾使他一度产生自杀的念头。多亏在外祖父身边度过的、充满阳光的短暂岁月，让他生存下来。但长期身心备受折磨的伯恩哈德，在青年时代伊始便染上肺病，曾被医生宣判了"死刑"，他亲历了人在肉体和精神瓦解崩溃过程中的毛骨悚然的惨状。根据以上这些经历，他后来写了自传性散文系列《原因》《地下室》《呼吸》《寒冷》和《一个孩子》。躺在病床上，为抵御恐惧和寂寞他开始了写作，对他来说，写作从一开始就成为维持生存的手段。伯恩哈德幸运地摆脱了死神，同时与写作结下不解之缘。在写作的练习阶段，又作为报纸记者工作了很长时间，尤其是报道法庭审讯的工作，让他进一步认识了社会，看到面具下的真相。他的自身成长过程和社会经历构成了他写作的根基。

　　说到奥地利文学，在第二次世界大战后，要首先提到两位作家的名字，这就是托马斯·伯恩哈德和彼得·汉德克，他们都在1960年代登上德语国家文坛。伯恩哈德1963年发表《严寒》引起文坛瞩目，英格博格·巴赫曼在论及伯恩哈德1960年代的小说创作时说："多年以来人们在询问新文学是什么样子，今天在伯恩哈德这里我们看到了它。"汉德克1966年以他的剧本《骂观众》把批评的矛头对准传统戏剧，指出戏剧表现世界应该不是以形象而是以语言；世界不是存在于语言之外，而是存在于语言本身；只有通过语言才能粉碎由语言所建构起来的、似乎固定不变的世界图像。伯恩哈德和汉德克的不俗表现使他们不久就被排进德语国家重要作家之列，并先后于1970年和1973年获得最重要的德国文学奖——毕希纳奖。如果说直到这个时期两位作家几乎并肩齐名，那么到了1980年代，伯恩哈德的小说、自传体散文以及戏剧的成就，特别是在他去世后的1990年代，超过了汉德克，使他成为奥地利最有名的作家。正如德国文学评论家赖希-拉尼茨基所说："最能代表当代奥地利文学的只有伯恩哈德，他同时也是我们这个时代德语文学的核心人物之一。"伯恩哈德创作甚丰，他18岁开始写作，40年中创作了5部诗集、27部长短篇散文作品（亦称小说）、18部戏剧作品，以及150多篇文章。他的作品已译成40多种文字，一些主要作品如《历代大师》《伐木》《消除》《维特根斯坦的侄子》等发行量早已超过10万册，他的戏剧作品曾在世界各大主要剧场上演。伯恩哈德逝世后，他的戏剧作品在不断增加，原本被称为散文作品或小说的《严寒》《维特根斯坦的侄子》《水泥地》和《历代大师》等先后被搬上了舞台。

以批判的方式关注人生（生存和生存危机）和社会现实（人道与社会变革）是奥地利文学的传统，伯恩哈德是这个文学链条上的重要一环。如果说霍夫曼斯塔尔指出了普鲁士式的僵化，霍尔瓦特抨击了市侩习性，穆齐尔揭露了典型的动摇不定、看风使舵的卑劣，那么伯恩哈德则剖析了习惯的力量，讽喻了对存在所采取的愚钝的、不加任何审视和批评的态度。他写疾病、震惊和恐惧，写痛苦和死亡。他的作品让人们看到形形色色的生存危机，以及为维护自我而进行的各种各样的努力和奋斗。这应该说不是文学的新课题，但伯恩哈德的表现方法与众不同，既不同于卡夫卡笔下的悖谬与隐喻，也不同于荒诞派所表现的要求回答意义与世界反理性沉默之间的对峙。伯恩哈德把他散文和戏剧中人物的意图和行为方式推向极端，把他们那些总是受到威胁、受到质疑的绝对目标，他们的典型的仪式，最终同失败、可悲或死亡联系在一起。他们时而妄自尊大，时而失落可怜；他们所面临的深渊越艰险，在努力逃避时就越狼狈。如果说伯恩哈德早期作品中笼罩着较浓重的冷漠和严寒气氛，充斥着太多的痛苦、绝望和死亡，那么在后期作品中，他常常运用的、导致怪诞的夸张中，包含着巧妙的具有挑战性的幽默和讽刺。这种夸张来自严重得几乎令人绝望的生存危机，反过来它也是让世界和人变得可以忍受的唯一的途径。伯恩哈德通过作品中的人物说，我们只有把世界和其中的生活弄得滑稽可笑，我们才能生活下去，没有更好的方法。从这个意义上说，夸张也是克服生存危机的主要手段。

让我们先概略地了解一下他的主要作品的内容，虽然介绍作品的大致情节实际上不能很好地说明他的作品，因为他的作品，无论有时也称作小说的散文，还是戏剧，都不注重情节的建构。

他的成名作是小说《严寒》(1963)，情节很简单：外科大夫委托实习生去荒凉的山村观察隐居在那里的他的兄弟——画家施特劳赫。26 天的观察日记和 6 封信就是这部小说的内容，作为故事讲述者的实习生，随着观察感到越来越被画家的思路所征服，好像进入了他的世界。通过不断地引用画家的话，他的独白，展示了他的彷徨、迷惘，他的痛苦和绝望。他不能像他做医生的兄弟那样有成就，因为他的敏感和他的想象使他无法忍受自然环境的残暴。建造工厂带来的污染使他呼吸不畅；战争中大屠杀留下的埋人坑，让他感到空气似乎都因死者的叫喊而震颤。孤独、失败和恐惧使他愤懑，于是他便用漫无边际的谩骂和攻击来解脱。最后他失踪在冰天雪地里。事实表明，他的疾病是精神上的，他整个人都在瓦解，好像在洪水冲刷下大山的解体。

他的第二部长篇《精神错乱》（1967）可以作为第一部长篇的延伸，是直面瓦解和死亡的一部作品。医生欲让读大学的儿子了解真实的世界，便带他出诊。年轻人客观地叙述他所见到的充满愚钝、疾病、苦痛、疯癫和暴力的世界。他所见到的人，或者肉体在瓦解、在腐烂，如磨坊主一家；或者像把自己关在城堡里的、精神近于错乱的侯爵骚劳，他见到医生无法自制，滔滔不绝讲述起世界的可怕和无法理解。这个世界是一座死亡的学校，到处是冰冷、病态、癫狂和混乱，树林上空飞着鲨鱼，人们呼吸的是符号和数字，概念成了我们世界的形式。骚劳侯爵那段长达100多页的独白，像是精神分裂者颠三倒四的胡说八道，实际上是为了呼吸不停顿、为了免得窒息而亡的生存方式。长篇《石灰厂》（1970）的主人公退居到一个废弃的石灰厂里从事毕生所追求的关于听觉的试验。在深知自己无力完成这项试验后，他杀死了残疾的妻子，结束了自己的生命。长篇《修改》（1975）中，家道殷实的主人公不去管理家业，却专心致志耗费大量资金为妹妹造一座圆锥体建筑物，建成后，妹妹走进去却突然死亡。一心想让妹妹在此建筑中幸福生活的建造者，也随之结束了自己的生命。《水泥地》（1982）的主人公计划写一篇关于一位作曲家的学术论文，但姐姐的来访和离去都使他无法安心写作，于是他便出去旅行，期望能在旅行中安静思考。在旅馆里他想起一年半前在此度假的一个不幸的女人，她的丈夫在假期中坠楼身亡。主人公到墓地发现，墓碑上这个男人姓名的旁边竟然刻着那女人的名字。回到旅馆后他心中再也无法平静。音乐评论家雷格尔是《历代大师》（1985）的主人公，定期到艺术史博物馆坐在展览厅里注视同一幅油画。他认为只要下功夫去寻找，任何大师的名作都有缺点，而只有找出他们的缺点，他们才是可以忍受的。他恨他们同时他又感谢他们，是他们使他留在了这个世界上。但当他的妻子去世时，他才发现，使自己生活在这个世界上这么久的其实不是历代大师，而是他的妻子，他唯一的亲人。《消除》（1986）的主人公木劳为拯救他的精神生活，必须离开他成长的家乡。由于父母（当过纳粹）和兄弟遇车祸死亡，他不得不返乡。这次逗留使他看得更清楚，必须永远离开他的出生之地。他决定去描写家乡，目的是打破普遍存在的对纳粹那段历史的沉默，把所描写的一切消除掉，包括一切对家乡的理解和家乡的一切。《消除》使人想起了许多纳粹时代的、人们业已忘记了的罪行。传统的权威式教育，以及天主教与哈布斯堡王朝的合作，伤害了人们的思考能力，奥地利民族丧失了精神，成为彻底的音乐民族。

以破坏故事著称的伯恩哈德，他那有时也被称为小说的长篇散文当然没有起伏跌宕的情节，但是他对人们弱点的揶揄，对世间弊端的针砭，对伤害人性的习俗和制度的抨击，对人生的感悟，的确能吸引读者，让读者在阅读过程的每个片段都能得到启发。比如《水泥地》中对医生的批评，对慈善机构的斥责，对所谓对动物之爱的质疑，以及对不赡养老人的晚辈的讽刺；《历代大师》中对艺术人生的感悟，对社会上林林总总文化现象的思索，对社会进步的怀疑——吃的食物是化学元素，听的音乐是工业产品，以及对繁琐、冷漠的官僚机构的痛斥，等等。伯恩哈德作品的另一特点是诙谐和揶揄，把夸张作为艺术手段。比如对于《历代大师》中对包括歌德和莫扎特在内的大师们的恶评，在阅读时就不能断章取义，也不能停留在字面上，应该读出作者的用心，一方面是让人破除迷信，另一方面以此披露艺术评论家的心态，揶揄他们克服生存危机的方式。他对家乡、对他的祖国奥地利大段大段的抨击也是如此。奥地利不是像作品中所说的纳粹国家，但纳粹的影响确实没有完全消除；维也纳不是天才的坟墓，但这里的狭隘和成见也的确让许多天才艺术家出走。他的小说不能催人泪下，但能让你忍俊不禁，让你读到在别人的小说里绝对读不到的文字，从而思路开阔，有所感悟。

伯恩哈德的戏剧作品中主人公维护自尊自立、寻求克服生存危机的方式，不像他小说的主人公那样，把自己关闭在一个地方离群索居，或在广漠的乡村，或在一座孤立的建筑物中，不能不为一个计划、一个目标全力以赴，其结局或者怪诞，或者遭遇不幸和失败；而是运用仪式和活动，他们需要别人参加，而这些人到头来并不买账，于是主人公的意图、追求的目标往往以失败告终。比如他的第一个剧本《鲍里斯的节日》（1970）中，主人公是一个失去双腿的女人，她把失去双腿的鲍里斯从残疾人收养院里接了出来并与其结婚。女人强烈地想要摆脱不能独立、只能依赖他人的处境，于是便举行庆祝鲍里斯生日的仪式。她从残疾人收养院里请来13位没有双腿的客人，满足她追求与他人处境相同的欲望，对她的健康女仆百般虐待凌辱，并令其在仪式上坐轮椅，通过对他人的贬低和奴役来克服自己可怜无助的心态，通过施恩于更可怜的人得到心理上的满足。这一天不是鲍里斯的节日，而是女主人公的节日，鲍里斯在仪式结束时突然死去。1974年首演于萨尔茨堡的《习惯的力量》中，主人公马戏班班主、大提琴师加里波第，为了改变疾病、衰老和平庸混乱的现状，决定组织一个演奏小组，让马戏班的小丑、驯兽师、杂耍演员以及自己的外孙女同他一起精心排练演出弗兰茨·舒伯特的《鳟鱼五重奏》。他利用自己的权力，恩威并施地去实现这个理想，年复一年怪诞的演练变成了马戏班的常规。目的不见了，习惯掌握了权力。尽管演奏组成员不能挣脱最基本的习性和需求，排练经常变成相互厮打，与意大利民族英雄加里波第同名的马戏班班主成了习惯力量控制的奴隶。在1974年首演于维也纳城堡剧院的《狩猎的伙伴们》中，一位只配谈论死亡供人消遣的戏剧家，在将军的狩猎屋里与将军夫人打牌，谈论将军的重病，以及当初曾为将军提供庇护的这座森林发生的严重虫灾。在斯大林格勒失掉一条胳膊的将军，有权有势的强者，在听到作家告诉他其妻一直隐瞒的真相后开枪自杀了。所谓的生存的主宰者自己反倒顷刻间毁灭，怀疑、讽刺生存境况者却生存下来。剧本《伊曼努尔·康德》（1978）中，日趋衰老的哲学家康德偕夫人，有仆人带着爱鸟鹦鹉跟随，前往美国去治疗可能会导致失明的眼病，在船上遇到各种人物：百万富婆、艺术收藏家、主教、海军将领等。在他们的日常言谈话语中隐藏着残忍和偏执。作为和谐和人道思想代表的康德，在客轮鸣笛和华尔兹舞曲的干扰中开始讲课。除了他的鹦鹉，他的关于理性的讲课没有听众。轮船到达目的地后，他立即被精神病医生接走。《退休之前》（1979）涉及德国纳粹那段历史，曾是党卫军军官的法庭庭长鲁道夫·霍勒尔与其姐妹维拉和克拉拉住在一起，每年都给纳粹头子希姆莱过生日，他身穿党卫军军官制服，强迫克拉拉穿上集中营犯人的囚服。习惯了发号施令决定他人命运的霍勒尔在家里是两姐妹的权威。一个顺从他，甚至与他关系暧昧；另一个虽然恨他，诅咒他，但又不愿意离开这个家。因为他们都习惯了自己的角色，走不出他们共同演的这出戏。在这一年希姆莱生日的这天，霍勒尔饮酒过量把戏当真了，他大喊大叫不再谨慎小心："我们的好日子回来了，我们有当总统的同事，不少部长都有纳粹的背景。"最后因兴奋激动过度，导致心脏病发作倒下。1985年伯恩哈德的《戏剧人》首演，主人公是一位事业已近黄昏的艺术家，带着他的家庭剧团巡演到了一个小村镇，要在一个简陋的舞厅里演出他的大作《历史车轮》。尽管他架子很大，对演员颐指气使，同时嘴上不断把自己与歌德和莎士比亚相提并论，但他的妻子咳嗽不停，儿子手臂受伤。好歹布置好了舞台，观众也来了百十来人，可惜天不作美，一时间电闪雷鸣，观众大喊牧师院子里着火了，随之一哄而散，演出以失败告终。他不自量力地追求声望，终究未能如愿以偿。《英雄广场》（1988）是伯恩哈德最后一部戏剧作品，犹太学者舒斯特教授在纳粹统治时期流亡国外，战后应维也纳市长邀请返回维也纳，然而当他发现50年来奥地利民众对犹太人的看法并没有任何变化时，便从他在英雄广场旁的住宅楼上跳窗自杀了。其妻在葬礼那天坐在家里，仿佛听到50年前民众在广场上对希特勒演讲发出的欢呼，欢呼声愈来愈响，她终于无法忍受昏倒身亡。教授的弟弟对奥地利这个国家、对奥地利人的批判与其兄相比有过之而无不及，但他是有远见的人，他认为用生命去抗议根本没有用处。

综上所述，我们看到作品中的主人公，或者患病，或者背负着出身的负担，或者受到外界的威胁，或者同时遭受这一切，从根本上危及其生存。于是他们致力于解脱这一切，与出身、传统和其他人分离开来，尽可能完全独立，去从事某种工作，或者追求某种完美的结果。通常他们那很怪诞的工作项目演变成为一种发自内心的强迫，作为绝对的目标，不惜一切代价要去实现，这些现代堂吉诃德式人物的绝对要求、绝对目标最后成为致命的习惯。

关于夸张手法上文已有论述，这里要补充的是，几乎伯恩哈德所有作品中的主人公都有大段的对奥地利国家激烈的极端的抨击，常常表现为情绪激动的责骂，使用的字眼都是差不多的：麻木、迟钝、愚蠢、虚伪、低劣、腐败、卑鄙等。矛头所向从国家首脑到平民百姓，从政府机构到公共厕所。怎样看这些文字？第一，这些责骂并无具体内容，而且常常最后推而广之指向几乎所有国家。第二，这些责骂出自作品人物之口，往往又经过转述，或者经过转述的转述，是他们绝望地为摆脱生存困境而发泄出来的。譬如《水泥地》中的"我"在家乡佩斯卡姆想写论文，多年过去竟然一个字也写不出来，只好去西班牙，于是便开始发泄对奥地利的不满；在《历代大师》中，主人公雷格尔在失去妻子后的悲伤和绝望中，从追究有关当局对妻子死亡的罪责，直到发泄对整个国家的愤怒。第三，这些大段责骂的核心是针对与民主对立的权势，针对与变革对立的停滞，针对与敏感对立的迟钝，针对与反思相对立的忘记和粉饰，以及针对习惯带来的灾难和对灾难的习惯。所以，从根本上说，这些大段的责骂是作为艺术手段的夸张。但是其核心思想不可否认是作者的观点，这也是伯恩哈德作品的核心思想。事实证明，他那执着的，甚至体现在他遗嘱中的、坚持与其批判对象势不两立的立场，对他的国家产生了积极作用：1991 年，奥地利总理弗拉尼茨基公开表示奥地利对纳粹罪行应负有责任。

可惜在很长时间里，人们没有真正理解这位极富个性的作家，他的讲话、文章和书籍不断引起指责、抗议乃至轩然大波。早在1955年担任记者时他就因文章有毁誉嫌疑而被控告，从1968年在奥地利国家文学奖颁奖仪式上的获奖讲话中严厉批评奥地利引起麻烦开始，伯恩哈德就成为一个"是非作家"。1975年与萨尔茨堡艺术节主席发生争论；1976年他的书《原因》惹恼了萨尔茨堡神父魏森瑙尔；1978年在《时代周报》上撰文批判奥地利政府和议会；1979年，因不满德国语言文学科学院接纳联邦德国总统谢尔为院士而声明退出该院；同年指名攻击总理布鲁诺·克赖斯基；1984年他的小说《伐木》因涉嫌影射攻击而被警察没收；1988年剧作《英雄广场》在维也纳上演，舞台上，50年前维也纳英雄广场上对希特勒的欢呼声，似乎今天仍然响在剧中人耳畔。该剧公演前就遭到围剿，媒体、某些政界人士，以及部分民众群起口诛笔伐，要取消剧作者的公民资格，某些人甚至威胁伯恩哈德要当心脑袋。公演在推迟了三周后，终于在1988年11月举行，观众十分踊跃。一出原本写一个犹太家庭的戏惊动了全国，乃至世界，整个奥地利成了舞台，全世界是观众。1989年2月伯恩哈德在去世前立下遗嘱：他所有的已经发表的或尚未发表的作品，在他去世后在著作权规定的年限里，禁止在奥地利以任何形式发表。

伯恩哈德去世后，在他的故乡萨尔茨堡成立了托马斯·伯恩哈德协会，在维也纳建立了托马斯·伯恩哈德私立基金会，他在奥尔斯多夫的故居作为纪念馆对外开放。无论在德国还是在奥地利，在纪念他逝世10周年暨诞辰70周年期间都举办了各种专题研讨会、报告会和展览会。为纪念伯恩哈德诞辰75周年，德国苏尔坎普出版社在已出版了35种伯恩哈德作品的基础上，于2006年又开始编辑出版22卷的伯恩哈德全集。

今天人们对伯恩哈德的夸张艺术比较理解了，对他的幽默也比较熟悉了，他的书就是要引起人们注意那些司空见惯的事物，挑衅种种习惯的力量，揭示它们的本来面目。正如叔本华所说："真正的习惯力量，却是建立在懒惰、迟钝或者惯性之上，它希望免去我们的智力、意欲在做出新的选择时所遭遇的麻烦、困难，甚至危险。"[1]比如某些思想和观念不动声色地延续。"二战"后，人们在学校里悄悄地用基督受难像取代了希特勒肖像，但权威教育没有任何改变。他认为，从哈布斯堡王朝到第三帝国直到今天，都在竭力繁荣那艺术门类中最无妨害的音乐，在动听的乐曲声中几乎没人发现奥地利很久没有出现像样的哲学家了。"延续不断"是灾难，而破坏、断裂则是幸运。当人们不是从字

1　叔本华:《叔本华思想随笔》，韦启昌译，上海人民出版社，2003年，第100页。

面上，而是深入字里行间，真正理解了他的夸张艺术手段时，便会发现伯恩哈德作品中体现出来的现代精神。他那十分夸张的文字，有时精确得难以置信。1966年他曾写道，我们将融合在一个欧洲里，这个统一的欧洲将在下一世纪诞生。欧洲的发展进程证实了他的预言。难怪著名奥地利女作家巴赫曼早在1969年评价伯恩哈德的作品时就说："在这些书里一切都写得那么准确……我们只是现在还不认识这写得那么准确的事情，就是说，还不认识我们自己。"

伯恩哈德的书属于那种不看则不想看，看了就难以释手的书。

德国文学评论家赖希-拉尼茨基说："有些人读伯恩哈德觉得难受，我属于读他的作品觉得是享受的那些人之列。"[1]他还说："有人为奥地利文学造出一个新概念：伯恩哈德型作家，这是有道理的。耶利内克、盖·罗特和格·容克，这些知名作家经常在伯恩哈德的影响下写作。"[2]

巴赫曼评价伯恩哈德的书时说："德语又写出了最美的作品，艺术和精神，准确、深刻和真实。"[3]

---

1 Marcel Reich-Ranicki, *Der doppelte Boden: Ein Gespräch mit Peter von Matt*, Fischer, 1994, p.63.

2 Marcel Reich-Ranicki, *Der doppelte Boden: Ein Gespräch mit Peter von Matt*, Fischer, 1994, p.139.

3 Ingeborg Bachmann, *Werke*, Piper, 1982, Bd. 4, p.363.

耶利内克在 1989 年悼念伯恩哈德逝世时说："伯恩哈德是独一无二的，我们，是他的财产。"[1]

伯恩哈德是位享誉世界的作家，同时也是位地道的奥地利作家。疾病几乎折磨了他一生，他生命的最后 10 年可以说是命运的额外馈赠，疾病磨砺了他的目光，锻炼了他的语言。正如耶利内克所说，将他变成了奥地利的嘴，去做健康者始终觉得是不得体的事：诉说这个国家的真相。奥地利的传统，尤其是哈布斯堡帝国的历史，在他身上留下了深刻的烙印，他对奥地利的批评是出自那种真正的恨爱，正是由于对奥地利的不断的批评，奥地利早已成为他生活中不可或缺的内容。尽管谁拼命地想要属于她，她就首先把谁给踢开。上奥地利是他的家乡，维也纳是他文学活动的主要场所。家乡的许多地方与他书中人物联系在一起，书中的许多场景散发着维也纳咖啡的清香。伯恩哈德书中的语言，词语的选择和构造，发音和语调，都是典型的奥地利式的，他自己曾说："我的写作方式在德国作家那里是不可想象的，顺便说一下，我当真很讨厌德国人。"[2] 顺便说的这半句就没有必要了，这就是伯恩哈德，一个极富

1　Sepp Dreissinger (Hg.), *Von einer Katastrophe in die andere: 13 Gespräche mit Thomas Bernhard, Bibliothek der Provinz*, 1992, p.159.

2　Sepp Dreissinger (Hg.), *Von einer Katastrophe in die andere: 13 Gespräche mit Thomas Bernhard, Bibliothek der Provinz*, 1992, p.112.

个性的奥地利人。他的书对我们了解奥地利这个国家和她的人民是很有帮助的。这也是译者译他的书的原因之一。

我读伯恩哈德以来，已过去几十年，对其作品的了解在逐渐加深。首先，他喜欢大量运用多级框形结构的长句，加上他的夸张手法，他的幽默和自嘲，让你不得不反复去读，才有可能吃透他要表达的意思，才能咂摸出他作品个中滋味。他的作品文字并不艰深，结构也不复杂，叙述手段新奇而不怪诞，但是，想完全读懂伯恩哈德实属不易。赖希-拉尼茨基曾多次称，面对伯恩哈德的作品他感到发憷，他甚至害怕评论他的作品，因为找不到一种尺度去衡量，他说，伯恩哈德不是我们中的一个，他太特立独行，是极端的另类。

我们可能暂时还读不透他的书，或者可能常常误读他，但有一点是肯定的，我们在他的书中往往能读到在别的书中读不到的东西，他的书让我们开阔眼界，让我们重新考虑和认识那些司空见惯的事物。读他的书你不能不佩服他写得真实，他把纷乱和昏暗的事物照亮给你看，他运用的照明工具就是夸张和重复。为了真实表现世界，他从来都走自己的路，如果说他的书中也涉及爱情的话，他决不表现情色和性欲，他的文字绝对干净，他这样做可能未免太夸张了，但他的书就是要诉之于你的头脑，启迪你思考，而不追求以种种手段调动你的情愫。他是一位令人难以忘怀的作家，他去世了，但仿佛他仍在创作，因为他的戏剧作品在不断增加，他的小说《维特根斯坦的侄子》《历代大师》等，都在他去世后相继作为戏剧作品被搬上舞台。2009 年年初，他生前未发表的作品《我的文学奖》一问世，便登上了畅销书排行榜首位，之前，曾在《法兰克福汇报》上连载。

伯恩哈德离开这个世界已经 30 多年了，但是他的感悟、他的观点仍然能触动我们，令我们关注，他的确是一位属于未来的作家。

马文韬
2009 年春于芙蓉里
2023 年春修改

维特根斯坦的侄子——一场友谊

将会有二百个朋友参加我的葬礼，

你得在我的墓前发表演说。

1967 年，鲍姆加特山上赫尔曼病房里辛勤工作的一位修女，把我刚刚出版的小说《精神错乱》放到我的床上，这是一年前我在布鲁塞尔十字街六十号写成的，现在我身体很虚弱，没有力量去拿它，几分钟前我刚从长达数小时的麻醉状态中醒来，医生们给我做了一次大手术，他们切开了我的颈部，从我的胸膛里取出了拳头那么大的一个肿瘤。我记得那是六日战争[1]期间，在我身上实施了强化可的松疗程，结果我的脸正如医生所希望的那样胖得像个圆月亮；查房时他们以其特有的风趣评说这张月亮脸，根据他们的说法我只还能活上几周，最好的情况也只能活几个月，听了这话我也笑了。赫尔曼病房一层只有七间病室，将近十三或十四名患者在这里其实只是等待死亡。他们身着病房提供的病号服，在走道上趿拉着拖鞋来回走着走

1　六日战争，1967 年中东战争，6 月 5 日以色列向埃及、叙利亚和约旦发动突然袭击，6 天内，侵占 6.5 万平方公里的土地，使近 50 万阿拉伯人沦为难民。这里好似一语双关。——译者注，全书下同

着，某一天便会永远地消失了。著名的萨尔策教授每周一次出现在赫尔曼病房，他是肺外科手术部独一无二的权威，总是戴着白手套，迈着令人十分敬畏的步伐，修女们几乎是悄然地簇拥着这位身材魁梧、风度翩翩的专家，陪他前往手术室。那些高贵的患者们都争相让他实施手术，他们把宝押在了他的名气上（我不是这样，我让肺外科的主治医师手术，一个个头不高来自林区的农民儿子）。萨尔策教授是我朋友保尔的一个舅舅，保尔是哲学家路德维希·维特根斯坦的侄子，今天整个知识界，还有整个伪知识界都知道他的《逻辑哲学论》，恰好在我躺在赫尔曼病房期间，我的朋友保尔住进了路德维希病房，距我的病房二百多米远，那里不是像赫尔曼病房属于肺病专科，即所谓鲍姆加特山，而是施泰因霍夫精神病院的一部分。绵亘在维也纳西面的威廉米恩山几十年来分为两个部分，即分为肺病区（简称鲍姆加特山，是我的地面）和精神病区（世人称之为施泰因霍夫），从面积上说，小一点儿的称为鲍姆加特山，大一点儿的叫作施泰因霍夫，它们的病房都以男人的名字称呼。想一想就觉得怪诞得很，我的朋友保尔偏巧住在名为路德维希的病房里。每逢我见到萨尔策教授，见他目不斜视地朝手术室走去，都想起我的朋友保尔总是交替着称他的这位舅父为天才和杀人犯，看着教授

26

的样子我就想，如果说现在他走进手术室或从里边出来，就是一位天才或者一个杀人犯走进手术室，就是一个杀人犯或者天才从里边出来。我觉得这位闻名遐迩的医学教授是个很有魅力的人物。赫尔曼病房至今仍只限于进行肺部手术，主要是专门治疗肺癌，在住进赫尔曼病房之前，我已经见过许多大夫，并对他们进行了研究，这已经成了我的习惯，但是从一开始，从我见到萨尔策教授的第一眼起，他就使所有我见过、研究过的医生相形见绌。他的卓越对我来说无论如何都绝对是无法洞悉的，这卓越是由每逢观察他时所产生的敬佩，以及关于他的流言传说组成。我的朋友保尔也说，萨尔策教授据说许多年来都是奇迹的缔造者，不少已经病入膏肓的人经过他的手术又继续活了几十年，同时据说也有一些患者最终死于他的手术刀下，其原因，如我的朋友保尔一再所说的，是事先没有预见的天气骤变引起萨尔策教授烦躁不安，以至于双手变得不听使唤。不管怎么说吧，萨尔策教授的确世界闻名，又是我朋友保尔的舅舅，但他不一定因此非给我做手术不可。一方面他对我具有莫大的人格魅力，另一方面，他在全世界的绝对声望又让我心中陡生惊骇，加之我从朋友保尔那里听到的关于萨尔策教授的情况，最终我决定，还是让来自林区的那位实诚的主治大夫给我手术，而不是由来自第一

27

区 [1] 的这位医学权威。住进赫尔曼病房的头几周里，我也一再观察，发现正是萨尔策教授实施过手术的患者，没有通过手术保住生命，也许可以说，这是这位享誉世界的教授走背字的时段，在这期间我自然对他感到恐惧，所以就决定让那位来自林区的主治大夫施行手术。今天看来，这一决定毫无疑问是幸运和明智的举措。但是如此这般的揣测是没有用处的。我每周至少一次，尽管开始时只是通过门缝看到他，可是我的朋友保尔，在住进路德维希病房后的数月中，竟一次也没有见到过萨尔策教授，而这位说到底是他的舅舅，如我了解，萨尔策教授是知道他的外甥住在路德维希病房里的，我当时想，从赫尔曼病房到路德维希病房的几步路，对萨尔策教授当然是轻而易举的事情。妨碍萨尔策教授造访他外甥保尔的理由不得而知，也许有非同小可的缘故，也许只不过懒得动弹，不愿意多走几步路去看望外甥罢了。我第一次住进赫尔曼病房期间，保尔已多次被送进路德维希病房。在我这位朋友一生的最后二十年中，每年至少两次，总是突然发病，而且每次发病的情形都很可怕，不得不送进施泰因霍夫精神病院，随着时间的推移，两次住院的间隔越来越短，他也经常被送进林茨

1　维也纳全城以数字作为城区名称，第一区为内城，即市中心。

附近那家名为瓦格纳－尧雷格的医院，他是在上奥地利州特劳恩湖畔出生和长大成人的，直至他去世，在一向属于维特根斯坦家族的一处旧农舍里享有居住权，一旦他在这里发病，就被送到上面提及的那家位于林茨附近的医院。他很早就患上了只能被认为是一种所谓精神病的疾病，大约是在他三十五岁的时候，他本人很少谈及此事，但从我所知道的关于我的朋友保尔的一切，不难对他如何患上所谓精神病有个粗略的了解。保尔在孩童时期，体内就埋伏下所谓精神病的种子，一种从未精确界定的疾病。甚至可以说他就是作为一个精神有毛病的婴儿出生到这个世上的，一开始就患了那种后来控制、左右了保尔一生的所谓精神疾病。直到他去世，这种精神疾患一直伴随着他，成为他生命中自然而然的事情，如同其他人不为这种病所折磨度过一生一样。他的所谓精神病的治疗过程，充分证明了医生和医学的无能为力，令人极其沮丧。医生和医学的无能为力还表现在，总是给保尔患的所谓精神病冠以种种令人极为不安的名称，当然从未有过正确的称谓，因为他们没有头脑，行医乏术，他们关于我朋友的所谓精神病的种种称谓，到头来总是错误的，或者甚至于是荒谬的，结果总是一个取代另一个，那情形着实令人汗颜和沮丧。那些所谓心理医生诊断我朋友的疾病时，一次说他患的是这种病，另一次又说是那种病，就是没有勇气承认，他们事实上对这个病和对所有其他疾病一样，都不能给出正确的称谓，总是只有错误的、让人感到迷惑不解的名称，因为归根到底，他们如同其他所有医生一样，至少通过总是给疾病以错误名称让自己感到轻松和舒适，可这轻松和舒适无异于谋害患者的性命。他们任何时候都把"狂躁""抑郁"这样的词儿挂在嘴上，每次又总是错误的。无论什么时候他们（如同一切其他医生！）都使用某一个科学名词来掩饰自己的无能，以求得保护自己（而不是患者！）。像一切其他医生一样，治疗保尔的医生们也以拉丁语打掩护，逐渐在他们自己和他们的患者中间建立起一道不可逾越、不可穿透的大墙，他们的前人多个世纪以来，仅仅为了隐瞒他们医术低下，掩饰他们的江湖骗术也是这样做的。我们知道，他们在治疗伊始便在他们与患者之间设置了一道的确是无形的，但绝对无法穿透的墙壁，他们实施的一切治疗皆可能是非人道的、是谋害性命和置人于死地的。心理医生是最行医乏术、最没有资质的，与其说他们是致力于掌握医学知识的大夫，不如说他们更像是一些以谋害人性命来取乐的人。我这一生中最害怕的事，莫过于落到这些心理医生手中，与其相比其他医生就远没有那么危险，当然说到底医生给人们带来的都只有不幸，但是，在我们当今社会里，心理医生完全自成一体，在社会中享受着豁免权，他们在我朋友身上，多年来肆无忌惮地采用种种治疗方法，在我得以对这些所谓治疗研究了一番之后，我心中对他们的恐惧更加强烈。这些心理医生的确是我们这个时代的魔鬼。他们无法无天，大言不惭地干着一些堪称是暗无天日的勾当。我已经能起床走到窗前，最终甚至能来到走廊里，和其他那些还能行走的重症病人一起，从病房的一头走到另一头，来来回回地走。终于有一天，我甚至走出赫尔曼病房，试图向路德维希病房走过去。但是我过高地估计了我的体能，不得不在恩斯特病房前就停住脚步。我得在用螺丝固定在墙上的长椅上坐下来，先喘口气休息一下，以便完全依靠自己返回赫尔曼病房。长达数周乃至数月卧床的病人，每当他们到了能起床的时候，总是过高估计自己的体力，一下子什么都想做，这愚蠢的行为常常让他们重新躺在床上数周之久不能动弹，许多人甚至因为这突然的鲁莽举动，丢掉了通过手术好不容易从死神那里夺回的生命。虽然我是一个有经验的老病号，一生都与不同程度的疾病做伴，有时还十分严重，甚至要忍受所谓不治之症的折磨，但我在如何养病、如何配合治疗方面总是犯一些低级错误，做过很多不可饶恕的蠢事。对于一个病人来说，先尝试走上几步，四步或五步，然后十步、十一步，然后

十三、十四步，最后才走二十步或者三十步，应该这样做，不可以刚能起床就马上出去，就接着走起来没完，这样做的后果经常是致命的。数月被关在病房里的病人，在这期间总是着急出去，无法再等待病愈出院时刻的到来，当然一旦得以出去，也不会满足只在走廊上散步，不，他要走到外面去找死。许多病人就是因为过早地出去而死掉，并非由于医生医术低下所致。人们可以责备医生，说什么都行，但是你得承认，他们从根本上说自然是想要改善病人的身体状况，无论他们如何冷漠，无所用心，甚至于头脑迟钝、没有情感，但他们毕竟是在为你治病。病人必须把自己分内的事情做好，不可以由于过早地（或过迟地！）下床，或者过早地走出去，走得太远，将医生的努力毁于一旦。我当时绝对是走得太远，恩斯特病房确实离得太远了。我本该在弗兰茨病房前就转身往回走。可是我一定要见到我的朋友。我坐在恩斯特病房前的长椅上筋疲力尽，上气不接下气，透过树枝瞭望路德维希病房。我想，也许人家根本就不准许我这样一个患肺病而不是患精神病的人，走进路德维希病房，严格禁止肺病患者离开其区域，踏进精神病房去探望那里的病人。反之亦然。虽然说，病房之间有很高的铁丝网相隔，但由于生锈破损，有的地方已不严密，大的空隙比比皆是，很容易从这一区域到另一区域去，至少可以爬过去。现在我还记得，每天都有精神病患者到肺痨病房区，或者肺病患者到精神病房区，但当我第一次企图从赫尔曼病房到路德维希病房时，我还不知道这两个病区之间每天的这种来往。后来我发现，精神病患者到所谓肺病地面已属司空见惯之事，到晚上他们就被护理员逮起来，给他们穿上特制的约束衣，我亲眼所见，他们被用橡皮棍驱赶出肺病房区，押回到精神病房，这过程常伴随以可怜的喊叫声，让我夜里做梦都不得安宁。肺病患者离开自己的病房到精神病房区只不过出于好奇，因为他们每天都巴望着发生点耸人听闻的事情，借以克服令人窒息的无聊，或者驱赶头脑中与死亡的纠缠。我确实没有弄错，每当我离开肺病房区朝精神病患者走去时，我都心满意足，不管你在哪儿看到他们，他们都在搞些花样。也许以后在别的什么文章里我再大胆地描写精神病科的种种状况，我是见证者。现在我坐在恩斯特病房前的长椅上想，我得再等上整整一周才能再次进行到路德维希病房的尝试，显而易见今天我只能从这里返回赫尔曼病房了。我坐在长椅上观察小松鼠，它们在这巨大的园子里（从我这角度看这园子似乎大得无边无际）飞速地跑来跑去，敏捷地爬到树上面去，然后又跑下来，似乎只有唯一的爱好：到处去叼肺病患者丢在地上的一次性纸巾，叼着它们跑上树。它们嘴里叼着纸巾到处跑，直至黄昏后，人们还可以看见来回急驰的白点，那是它们嘴里叼着的纸巾。我坐在那儿，很受用地看着这种景象，种种的联想油然而生。这是六月里，病房的窗户都敞开着，病人们的咳嗽声从窗户里传出来，循着以对位法巧妙设计合成的旋律，进入刚开始降临的暮色之中。我不想过分挑战护士小姐忍耐的极限，站起身来，回到赫尔曼病房。我想手术后我的呼吸状况的确是改善了，的确可以顺畅地呼吸了，可是我的疾病治好的前景仍然渺茫，可的松这个字眼，以及与此紧密相连的疗程，总让我心情变得沉重。但我不一定就整天都是毫无希望的沮丧。早晨我是带着这样的心情醒来的，可我试图摆脱它，快到中午我就做到了这一点，下午沮丧的情绪又侵袭了我，傍晚它复又消逝，当我夜里醒来时，它当然又肆无忌惮地主宰了我。我想，既然医生对待那些我目睹死去的人，完全与对待我一样，跟他们说同样的词语，进行同样的谈话，开同样的玩笑，那么我的前景跟那些已经死去的人相比，也就不会有什么两样。他们在赫尔曼病房悄然死去，不为人注意，没有叫喊，没有呼救，常常是全然无声无息地就走了。一大清早他们空出的病床就放到了走廊上，更换铺盖罩套，准备给下一个病人。护士小姐们径自微笑着做着事情，并不理会我们从旁经过看到了这一切。有时我想，

34

为什么我要在本该我走的路上停住，为什么我不像其他人一样，顺着这条路走下去？为什么竭力睁着眼睛不想去死，为什么？当然直至今天我依然经常问自己，屈服，放弃努力岂不更好，那样我肯定在短暂的时间里就会走上我的道路，几周里便会死去，对此我敢肯定。但是我没有死，仍然继续活着，到今天还活着。我的朋友保尔住在路德维希病房时，我正好住在赫尔曼病房，我开始住进医院的那段时间，他不知道我住院了，我们共同的朋友伊丽娜交替探望着我们俩，多言多语的她有一天将这个消息泄露了，我将此视为好的兆头。我知道，多年以来我的朋友总是数周或数月住进施泰因霍夫，每次又都出来了，所以我想我也一定会出去，尽管我们俩的情况区别很大，绝对不能同日而语，但我自以为我就在这里待几周或几个月，然后如他一样就也会出院。这想法说到底并没有错。四个月后我终于离开了鲍姆加特山，我没有像其他一些病人那样死去，他也早就出院了。在从恩斯特病房到赫尔曼病房的路上，我的确总是不由自主地想到死亡。我不相信我能活着从这里出去，我在这里所见所闻太多，足以让我心中对能活下来不抱任何一点希望。黄昏并没有如所想的那样让我好过些，心里反而倍感难过，几乎无法忍受。值班护士小姐质问我，让我清楚我对自己如何极其不负责任，我的行为简直是愚蠢的罪过，之后，我倒在床上立刻睡着了。但是在鲍姆加特山上我没有一个晚上能够一觉睡到天亮，在赫尔曼病房，大多数情况下，睡一个小时就醒了，不是做梦惊醒（我所有的梦都把我带到生存的深渊和绝境），就是隔壁房间里有人急需救治或者死亡，或者我邻床的病人用尿瓶撒尿，尽管我一再跟他讲如何去做才不弄出太大声响，但他每次还是弄出很大动静，他的尿瓶不止一次撞到我的铁制床头柜，而是好多次，所以他每次总是让我不得不发火，数落他半天，我再次告诉他应该怎样使用尿瓶才不会把我吵醒，但每次都是徒劳；我另一边，靠门那边的邻床也每次被他吵醒。我的床在窗户这边。那个病人叫伊默福尔，是一位警察，一位特别喜欢玩二十一点纸牌游戏的人，自从我从他那儿学会了玩这一游戏，至今无法放弃，这使我常常濒临发疯和神经错乱，我知道，一个本来就靠吃安眠药才能睡觉的患者，而且住在像鲍姆加特这样一座只收留重病和垂危病人的医院里，他一旦在夜里被吵醒就不能再入睡。与我相邻的病人是学神学的大学生，是格林卿一对法官夫妇的儿子，确切地说他们住在施莱柏路，是维也纳最高雅、最昂贵的住宅区之一，此人性情属于非常娇惯的那一种，还从未同别人住过一个房间，我肯定是他碰到的第一个人，并且还让他注意，如果与他人同居一室绝对要顾及他人，他是学神学的大学生，对他来说这尤其应该是最不言而喻的事情。但这个人着实不可教诲，至少开始一段时间如此。他是在我之后住进来的，病情也是处于毫无希望的境地，跟我完全一样，他也被切开了喉咙，从里边取出一个肿瘤，据说这可怜的家伙在手术时几乎丧命，是萨尔策教授给他做的手术。当然这不等于说，换了另一个外科大夫他就不会几乎死去。我想，我也应该做个神学大学生，看看人家来到这房间以后的情形：修女们对他的娇惯令人作呕，她们一方面对他关照得无以复加，另一方面则以同样的强度怠慢我和警察伊默福尔。比如说，每个值夜班的护士，都把她值班时从患者那里得到的礼物，巧克力呀，葡萄酒呀，还有各种各样的糖果，当然都是从维也纳城里一流甜品店里买来的，从德默尔甜品店，从雷曼甜品店，以及与上述同样闻名的、位于市政厅旁边的斯卢卡甜品店，值夜班护士一大清早就把这些好东西放到神学大学生的床头柜上，这还不算，规定早晨给每个病人的热饮，我们都应该得到的供应，给他不只一份，而是让他一下子得到两份，就是直到今天我也特别喜欢吃的那种，供应这道饮品是赫尔曼病房的惯例，住在这个病房里的人都是垂死的病人，送到床头的这道饮品是对即将死去的病人的特供。但是无论如何，我还是坚持让我的神学大学生不久就改掉了不少毛病，他的邻床，那位警察伊默福尔也感激不已，因为我们这位同室病友的我行我素也让他不堪忍受。其实像我和伊默福尔这样的长期病号，早已习惯了与我们的处境相适应的角色，即为人不招摇、不张扬，处事低调，谨慎小心，因为只有采取这样的姿态，才能持久地忍受生病的状态，抗争、执拗和行为放纵都只能削弱肌体，时间一长都是致命的，一个长期病号是承受不住多久的。由于我的神学大学生确实可以起床去厕所，于是有一天我禁止他再继续使用尿瓶。此举立刻遭到护士们的反对，她们自然是乐意为神学大学生倒尿瓶的，但我坚持他必须起床去厕所解手。我们不明白，为什么我和伊默福尔就应该起床上厕所，而神学大学生却可以在床上往尿瓶里撒尿，污染室内本来就几乎难以忍受的空气。最后我们成功了，神学大学生上厕所解手了，我忘记了他叫什么名字，我想，他姓瓦尔特，可是记不太清楚了，我们的成功气得护士小姐有好几天瞧都不瞧我一眼。但是对我来说这自然无所谓了。我只关注有一天我确实能去探望我的朋友保尔，给他一个惊喜，可是我第一次尝试还在恩斯特病房前就宣告失败了，不得不返回赫尔曼病房，我觉得近期想实现这个愿望是不可能的了。我躺在床上朝外边看，总看到那棵松树的巨大树冠。在那后边太阳升起复又下落，整整一周我都再也没有勇气离开房间。最终，还是我和我朋友保尔共同的朋友伊丽娜，在探望了保尔之后来看望我了，她家住在布卢门施托克胡同，我就是在她家中认识保尔·维特根斯坦的，当时的情形我记得很清楚：当我走进她的家时，正值他们在辩论舒里希特[1]指挥伦敦交响乐团演奏的《哈夫纳交响曲》[2]，这对于我好比水对于水磨，因为我与我的交谈伙伴一样，一天前在音乐之友协会大厅[3]听了舒里希特指挥的这场音乐会，演出给我的印象好极了，在我整个音乐经历中还从未听到过如此完美的音乐。我们三个人，保尔、我，还有他的女友伊丽娜，对于这场演出的感受完全相同，伊丽娜音乐天资很高，可以说是一位不同凡响的艺术内行，在这场争论中我们之间并没有根本的分歧，但其中某种重要的东西并没有同样地引起我们仁的注意，也就是说注意的程度不尽相同，持续数小时的争论自然而然地拉近了我与保尔的距离，奠定了我与他之间的友谊。其实，多年前我就经常见到他，但从未跟他讲过一句话，在布卢门施托克胡同里，在这栋世纪之交建造的没有电梯的房子五层楼上，我们之间的交往开始了。我们所在的房间非常大，放着简

---

1 卡尔·舒里希特（Carl Schuricht, 1880—1967），德国指挥家，以指挥莫扎特、贝多芬和布鲁克纳的作品而闻名。

2 《哈夫纳交响曲》（*Haffner Symphony*），莫扎特第 35 交响曲。

3 音乐之友协会大厅（Musikverein），即通称的"金色大厅"。

朴舒适的家具，我们仨在这里谈论着我最喜欢的乐队指挥舒里希特和我最爱听的《哈夫纳交响曲》，好几个钟头，我们的谈话一直围绕着这场对我们之间的友谊至关重要的音乐会，直到我们都感到筋疲力尽。保尔·维特根斯坦对音乐的爱好胜过一切，我们的朋友伊丽娜也是如此，保尔立即赢得了我的好感，他那出类拔萃的音乐知识，尤其是对莫扎特和舒曼著名管弦乐作品的了解，还不说他对歌剧达到痴迷程度的喜爱，在整个维也纳几乎无人不晓，他的这种狂热不久便让我感到不安，确实让人为他担心，事实上没过多久，这狂热的确发展成为致命的病态。他不仅具有高度的音乐水平，而且具有高度的全面的艺术修养，与众不同之处在于，他的修养不是表现在抽象的理论上，举例说吧，在某种程度上可以说，他在不断地对所听到的乐曲和音乐会、对所研究的演奏名家和交响乐队进行比较，他做出的比较准确扎实，经得起人们随时的检验。我不久就看得很清楚，他的评论总是极其实事求是，精到可信，于是就很容易地使我认识到，保尔·维特根斯坦是我一个新的、难以再寻觅到的朋友，从而接受了他。我们的朋友伊丽娜，她的人生经历至少同保尔的一样，那么与众不同，那么跌宕起伏，比方说，她多少次与人发生亲密关系，多少次结婚，以至于扳着手指头也数不清，在我们住在威廉米恩山上这些艰难的日子里，她经常前来探望，她穿着一件红毛衣外套，也不在意是不是探视时间，总是无拘无束地出现在威廉米恩山上。遗憾的是，如上面所述，有一天她把我住在赫尔曼病房的情况泄露给了保尔，弄得我要突然去路德维希病房给保尔一个惊喜的计划泡汤了。不过，归根到底我要感谢伊丽娜，她让我结识了保尔这样一位好朋友，现在伊丽娜与一位所谓音乐理论家结了婚，搬迁到布根兰州的田野乡村去了。在住进赫尔曼病房两三年前我已与保尔相识。我们俩，我和保尔，忽然同时住到威廉米恩山上，所谓又一次濒临生命尽头，我不认为是偶然。但我也不让这一事实承载太多的宿命。我在赫尔曼病房，想到我的朋友保尔住在路德维希病房，就不感到孤独。实际上，我住在鲍姆加特山上的这数日数周数月，即便没有保尔也不会感到孤独，因为我有我的毕生恩人，或者说我的命中贵人，在外祖父去世后她是我在维也纳最重要的人，是我毕生的朋友，说要归功于她的有很多已远远不够，坦白地讲，自从她三十多年前出现在我身旁那个时刻起，可以说我的一切都归功于她。没有她我根本就活不到今天，无论如何不会是我今天这个样子，如此疯癫、如此不幸，但同时也一如既往的幸福。知情者明白在毕生恩人这个词中包含着怎样的内容，三十多年来是她给我以力量，总是

41

帮助我战胜病魔，只有她给了我这个力量，这是事实。这位在任何方面堪称榜样的、具有聪明才智的、从未在关键时刻将我抛弃的女人，在过去的三十年里我在她那里几乎学到了一切，或者至少去学习理解了一切，至今我仍然向她学习人生要义，至少总是学习如何去理解。在我住在鲍姆加特山上时，她几乎天天来看望我，坐在我的床旁，冒着酷暑把大量的书籍和报纸带到鲍姆加特山上，带进可以说人们也知道是怎样的一种环境中来。我的毕生恩人那个时候无论如何已经七十多岁了。但我想就是今天，八十七岁的她同样会这样做。可是我的这位毕生恩人不是我现在要写的题目，我要写的是保尔，他在我住到威廉米恩山上时，已经被隔离、搁置和放弃了，但在我的生活中，在我活在这个世界的过程中，他的作用是举足轻重的，现在我记载的就是这位当时同我一起住在威廉米恩山上，被隔离、搁置和放弃了的，我的朋友保尔，我要通过这些记载来描写他，通过一些不完整的记忆片段，它们此时此刻不仅回忆和再现我朋友当时毫无希望的境地，而且也再现当时我自己的绝望处境，保尔的生命又一次陷入了死胡同，与他一样，我的生命也陷入绝境，或者确切地说被推入绝境。我得承认，如同保尔一样，我又一次心血来潮，过高地估计了我的生存状况，极端地滥用了它。就像保尔一样，又一次超出自己的一切可能为所欲为，以病态的肆无忌惮对待自己及周围的一切，保尔因此最终毁掉了自己，迟早有一天我也同样会如此，保尔由于对主客观世界的过高估计而毁灭了，我也迟早会因对主客观世界过高估计而毁灭。像保尔一样，我当时在威廉米恩山一张病床上醒来时，我就是过高估计主客观世界产生出的、几乎完全毁坏了的产品，保尔住在精神病院，我躺在肺痨病院，他在路德维希病房，我在赫尔曼病房，这是完全合乎逻辑的结果。如同保尔多年以来可以说因其疯癫几乎丧命，那么我多年来在某种程度上同样也是癫狂得死去活来。如同保尔的路到头来总是以进入精神病院而告终、而中断，那么我的道路则总是中断和终结在肺痨病院。如同保尔总是极其执拗地对待自己和周围世界，终于不得不被送进精神病院，那么我也总是因对自己和周围世界的执拗态度达到极高的程度，最终被送到了肺痨病院。保尔总是经常爆发出对自己和周围世界的无法忍受，而且爆发的周期，正如料想到的那样，愈来愈短，同他一样，我也越来越经常地无法忍受自己和这个世界，结果像保尔在精神病院一样，我在肺痨病院里，才像人们通常所说的，清醒了过来。如同保尔归根到底总是被精神病院医生给毁了，然后纯粹是靠自身的能量又活了过来，我则总是被肺痨病院医生给毁了，然后靠自身的能量才又躲过一劫，我得承认，如同精神病院在保尔身上留下烙印，肺痨病院则在对我施加影响；我想，他一生中很长的一段路程是那些精神病患者帮助他走过来的，我则是由肺痨病人的帮助；如他从根本上说是与精神病患者在一起成长起来的，我则是同肺痨病患者在一起；与精神病人在一起成长和与肺痨病人一起成长没有多大区别。那些精神病患者坚定地教他如何生活和生存，肺痨病患者则以同样的坚定教导着我；如同精神病患者教他疯癫，肺病患者则教我肺部患病；保尔可以说变成了精神病人，因为他终于有一天，像人们说的那样，丧失了自我控制能力，如同我变成了肺病患者一样，因为我也终于丧失了自制力。保尔疯癫了，因为他跟一切对着干，自然落得个人仰马翻，同样我也是如此，我和他一样也跟一切对着干，结果自然也是最终被击倒在地，他变成了精神病人，由于同样的原因我成了肺病患者。但保尔并非比我更加疯癫，我至少是和他一样疯癫，至少也像人们关于保尔所说的那样的疯癫，只不过我除了疯癫还患有肺病罢了。我与保尔，我们俩之间的区别只在于，保尔完全受制于他的疯癫，而我不同，虽然说我的疯癫程度与他不分轩轾，但我从未任其摆布，保尔可以说是完全疯癫了，而我一直以来都利用我的疯癫，掌握着它，保尔从未能控制住他的疯癫，而我总是令它听我调遣，也许因此我的这种疯癫较之于保尔的甚至要厉害得多。保尔只有疯癫这个病，疯癫是他生存的主要内容，而我除疯癫之外还有肺病，两者兼而有之，我以相同的程度利用了两者，疯癫和肺病：将其变成我生存之源泉，在某一天突然完成了这影响我整个一生的变化。如同保尔几十年与疯癫为伴，我则几十年带着肺病度日；如同保尔几十年扮演着精神病人，我几十年表演着肺病患者；如同他为他的目的利用了精神病人这个角色，我则为了我的目的利用了肺病患者这个角色。如同其他人致力于长期或者毕生拥有和确保相当数量的财富，或者高绝的或者高级的技艺，他们只要还活在这个世上，便不惜一切代价在任何情况下利用它，并敢于使其成为他们生活的唯一内容，我的朋友保尔在其一生中则拥有和确保他的疯癫，不断地利用它，并且不遗余力地、坚定不移地将其变为他生活的内容，就像我将我的肺病，就像我将我的疯癫，还有最终从肺病和疯癫产生出的我的技艺，变成我的生活内容一样。如同保尔最终对待他的疯癫日益肆无忌惮，我对待我的肺病和疯癫也越来越为所欲为，由于我们对待我们的疾病越来越无所顾忌，我们对待我们周围的世界也无所顾忌，自然反过来，我们的周围世界对待我们也无所顾忌，结果我们也就越来越频繁地发病，越来越频繁地住进医院：保尔住进

45

精神病院，我住进肺痨病院。以前我们总是各自住进相应的医院，1967年我们俩同时来到威廉米恩山上，这里的处境进一步加深了我们之间的友谊。假如我们1967年没有来到威廉米恩山上，那么很可能我们之间的友谊也达不到这么深的地步。在许多年强迫自己克制交友之后，我不期而遇有了一位真正的朋友，他甚至能理解我头脑中那种最不着调的想法，我的头脑可不那么单纯，它相当复杂和放荡不羁，保尔他不但理解，而且有胆量来听取我头脑中那些古怪荒诞的想法，我周围所有其他人从未有能力来这样做，因为他们不愿意这样做。哪怕我有时只是如人们所说的试探性地开始一个话题，这话题也会准确无误地在我们的头脑中朝着应该发展的方向发展，不仅仅是关于音乐（这是我们俩首要的和最高的专长），而且涉及所有其他话题。这之前我从未认识过哪个人，具有更敏锐的观察才能，更深刻的思维能力。只不过保尔像扔他的钱财一样，不断地抛掷他的思想财富，但不同的是，不久他的钱财终于被他抛得精光，财源也已枯竭，但他的思想财富却的确是取之不尽的；他不停顿地朝窗外扔，而思想财富（与此同时）却在不断地增加，他向窗（他的头脑之窗）外扔得越多，他头脑中这思想财富也增长得越多，这样一类人就是这个特征，他们首先是疯癫了，最终被称为精神错乱，以至于他

46

们越来越多地、越来越经常不断地将（头脑中的）精神财富抛掉，同时在他们的头脑中，他们的精神财富以与抛弃相同的速度在增加。他们将越来越多的（头脑中的）精神财富抛掉，同时他们头脑中的精神财富也越积越多，自然也就越来越危险，最终他们从头脑中向外抛弃精神财富的速度已经跟不上其增长的速度，不断增加的精神财富在头脑里形成巨大的储存，导致头脑终因容纳不下而发生爆炸。因此保尔的脑袋爆炸了，因为（由头脑里）向外抛弃精神财富的速度已经跟不上需要了。同样尼采的脑袋也是因为这个原因爆炸了。归根到底所有勤于哲学思维的脑袋都爆炸了，因为他们向外抛弃精神财富的行为相对滞后。毕竟在这些头脑中的确持续不断地产生着精神财富，其增长的速度比他们能够从头脑中向外抛掷的速度要更快，其后果更残酷，终有一天他们的头脑爆炸了，他们死亡了。因此保尔的脑袋也终于爆炸了，他的生命停止了。我们俩是相同的，同时又不完全一样。比如说他关注穷人，穷人的处境让他动情，我也关注穷人，但他们不能让我产生恻隐之心，通过我的思考机制，对这个与世俱来的老问题我从来无法像保尔那样动情，至今仍然如此。保尔看到蹲在特劳恩湖岸边的一个孩子会立刻流下眼泪，而我则立刻就发现，这孩子是被其狡猾的母亲放到特劳恩湖岸边的，其目的无非是引起过路人的怜悯，让他们良心不安，导致他们最终打开了钱包，这种伎俩着实令人厌恶。与保尔不同，我不仅看见了被贪婪的母亲作为赚钱工具利用的可怜的孩子，而且还看到蹲藏在后面树丛里的孩子母亲，她正在以生意人那种精明和灵巧点数着一大堆钞票，那景象让人看着反胃。保尔只看见孩子和他的可怜相，看不见坐在后面数钱的母亲，他甚至泪流满面，为自己舒适的生存状况感到羞愧，给了那孩子一张一百先令的大钞，而我则看穿了这出戏；保尔只看到这出戏的表面，只看到一个无辜孩童的贫苦，没有看见藏在后头那个卑鄙的母亲，她以匪夷所思的卑劣手段，滥用了我朋友保尔的善良，她蒙骗了我的朋友，但是我一定得看穿这一切。这就是我朋友的特点，只看到这个孩子可怜的外表就给了他一百先令，而我看穿了整个这场无耻下作的把戏，自然就什么都不给那个孩子。我们俩的关系特别之处在于，我把我的观察所得保留给自己，是为了保护我的朋友，不告诉他，孩子那卑鄙无耻的母亲自己躲在后边树丛中数钱，却强迫孩子去装扮贫穷无助的样子。我听任我的朋友一个人去做他那浮浅的观察，听任他把一张一百先令大钞送给那孩子并失声哭泣，就是以后我也没有向他揭穿这种把戏。他后来经常提起特劳恩湖岸边这场戏，提及那个可怜的孩子，他说，他给了那孤独、贫穷的孩子一百先令，（当着我的面，）而我始终没有告诉他我所了解的事情真相，没有戳穿那孩子母亲耍的把戏。关于穷困和所谓人的穷困（以及人类的穷困），保尔总是只看见表面现象，如特劳恩湖岸边那场戏，从来不像我那样全面观察，我想可能他干脆拒绝，而且是一生自始至终都拒绝去看到全局，出于自我保护只看到一场把戏的表面便满足了。我同样也是出于自我保护，却从不满足于只看到（这类把戏的）表象。这就是区别所在。保尔在他的前半生中可以说将数百万巨款扔了出去，并自信他帮助了那些无助者（并以此帮助了自己！），而实际上，他扔出的数百万巨款，不过是满足了那极其卑鄙无耻之徒的贪婪欲望，自然他以此的确帮助了自己。他长期以来坚持把他的钱扔给那些他误以为是穷苦的人、值得怜悯的人，直至他自己身无分文。直至他有一天自己穷得只能依靠亲戚们的仁慈，但他亲戚们的仁慈是短暂的，不久便消逝得无影无踪，因为仁慈这个概念对于他们是陌生的。保尔出身于非常富有的家庭，这样富有的家庭在奥地利也只有三四个，对于这样的家庭，保尔不啻忤逆浪子。在君主统治时代，这些家庭的万贯家财似乎自动地年复一年地增长，共和国的诞生才使维特根斯坦家的财运停滞下来。保尔很早就倾箱倒箧，舍财济贫，他在某种程度上以为，以此可以改变世间之贫穷状况，结果他的一生大多情况下可以说近乎一无所有，如同他的叔叔路德维希所认为的那样，为拯救纯洁的民众和自己，必须将所谓肮脏的数百万家产抛给纯洁的民众。保尔曾带着一捆捆百元先令的钞票，目的就是将这些肮脏的钞票分配给纯洁的民众。但是一般来说他总是把钱给了如上面所描写的那样的一些特劳恩湖岸边的孩子们。他救济的人都跟这些孩子们一样，为帮助他们和满足自己，不论在哪里他都把钱塞给他们。当他一无所有时，在短时间里他的亲戚们会资助他，这是一种反常的行为，绝非出自慷慨，从根本上说他们此举从来就不是不言而喻的。因为他们，我一定得说明，不仅看到了他所作所为的表面现象，而且看到了可怕的全部。维特根斯坦家族一百多年来素以制造武器和机器著称，直到最后终于生产出路德维希和保尔，前者是划时代的著名哲学家，后者至少在维也纳其知名度并不比路德维希小，或者正是在那里他是更有名的疯癫者，从根本上说，他同他叔叔路德维希一样具有哲学头脑，他的叔叔路德维希反过来也与其侄子保尔一样疯癫，这一位，路德维希，以他的哲学造就了他的名声，另一位，保尔，以他的疯癫。这一位，路德维希，也许更富于哲学头脑，另一位，保尔，也许更为疯癫；我们相信这一位具有哲学头脑的维特根斯坦是哲学家，可能只是因为他把他的哲学写成了书，而不是他的疯癫，我们认为那另一位，保尔，他是疯子，因为他压抑了他的哲学，没有发表它、公开它，只是把他的疯癫展示了出来。他们两位绝对都是非同寻常的人，拥有非同寻常的大脑，这一位出版了他的大脑，另一位没有。我甚至可以说，这一位将其大脑所思付之于文字发表，而另一位则将其大脑所思付之于实践。那么出版发行出来的大脑、持续不断地在出版发行自己的大脑，与那实践了的大脑、持续不断地在实践自己的大脑之间区别何在？假如保尔也著述出版了什么，那么自然他著述出版的与路德维希所著述出版的完全不同，就好比路德维希要将疯癫付之于实践，那也与保尔的疯癫完全两样。不过无论如何维特根斯坦这个名字，都保证了其作品的高度水准，保证了其作品达到最高水平。如果我们要把哲学称为哲学，把思想称为思想，把精神疯癫称为它被称为的所谓变态的历史概念的话，那么疯癫的保尔毫无疑问达到了哲学家路德维希的水平，这一位绝对是哲学和思想史的一个高峰，那另一位绝对是精神疯癫史上的一个高峰。住在赫尔曼病房，虽然我与我的朋友相隔只有二百米，但我与他犹如相隔千山万水，我最大的渴望就是在数月没有与保尔的头脑交流之后，我们能再一次相聚，在这数月里，我接触了数百个总的来说很遗憾尽是些十分贫乏的脑袋，简直令人窒息，坦白地说，在大部分时间里我们接触到的头脑都很无聊，同其在一起与同一些畸形的土豆在一起没有太多的区别，裹着它们那无病呻吟的躯体的是相当乏味的衣衫，他们生活得可怜巴巴，遗憾的是丝毫不值得人同情。但我想终究有一天我一定会去看望保尔，我甚至在笔记本上，扼要记下来我打算同他谈些什么，要谈那些数月以来我跟谁都无从谈起的话题。在这段没有保尔的日子里，简直就无法谈论音乐，也无法谈论诸如哲学、政治和数学。每当我的心濒临死寂，只要探望一下保尔，就会一切改观，比如激活我的音乐思维。我心里想，这可怜的人被关在路德维希病房里，很可能甚至穿上了约束衣，他多么喜欢坐在歌剧院里听歌剧啊。知情者无人不晓他是维也纳最激情洋溢的歌剧观众，他是个十足的歌剧迷，在他穷困潦倒，甚至于落到一贫如洗的境地时，也没有放弃去歌剧院的这个爱好，仍然天天去听歌剧，最不济买张站票，已患不治之症的他竟然为看《特里斯坦》一站就是六个小时，末了仍还有力气为成功的演出欢呼和吹口哨，那响亮的程度在环路的这座歌剧院里绝对是空前绝后。对于一出歌剧的首演来说他是个很可怕的人物，因为他以他的方式可以决定首演的成败。他的激情欢呼可以带动整个剧场，他的反应总是比一般观众早几秒钟；另一方面，如果他愿意的话，如果他恰好心里不大痛快，那么他会率先吹口哨喝倒彩，让超级的、大型昂贵的演出因此毁于一旦。他说，如果我想要，而且条件具备的话，条件总是具备的，我可以让演出大获成功，同样我也可以让一台演出一败涂地，如果我想这样做而且条件也具备的话，条件总是具备的：如果我第一个鼓掌欢呼，或者第一个喝倒彩。维也纳人在数十年里没有察觉，成就一场演出或者埋葬一场演出的始作俑者正是保尔，他对一场演出的破坏，如果他想要那样做，那是无以复加的、是毁灭性的。他对一场演出的褒贬，支持与反对，与客观效果无关，只视其当时的情绪如何，只凭一时心血来潮，或者看他疯癫的状况。许多他无法忍受的乐团指挥，在维也纳都跌进了他所设的陷阱，他不遗余力地吹口哨和大喝倒彩，累得嘴巴沾着白沫儿。只有卡拉扬是个例外，他恨卡拉扬，但他对他喝的倒彩竟然没起作用。卡拉扬这位天才指挥家太伟大了，保尔无法干扰他、撼动他。我观察和研究卡拉扬数十年，我认为除了我喜欢的舒里希特，他是本世纪最重要的指挥家，可以说，我从童年时起，就听过他指挥的音乐会，由衷地对他表示钦佩，对他的高度评价至少像对曾与他合作的所有音乐家一样。保尔则倾其拥有的一切手段仇视这位卡拉扬，称其为江湖艺人，而我以自己数十年的观察将其视为世界音乐第一人，卡拉扬越是名声卓著，我的朋友如同整个音乐世界一样，越是不想认可这位才华横溢的指挥家。从童年时起我就看到了卡拉扬艺术天才的发展和完善，他在维也纳和萨尔茨堡指挥的几乎所有音乐会和歌剧的排练，我都在场。我一生中所听到的最初的那些音乐会，是卡拉扬指挥的，最初听到的歌剧也是卡拉扬指挥的。可以说这奠定了我音乐方面发展的高起点，从一开始就为我日后的发展创造了有利条件。卡拉扬这个名字，注定了让我与保尔之间相识伊始就出现了不可调和的争执，在保尔还活着时，我们之间一直围绕着这个名字争论不休。但是到头来谁也没有说服谁，我没有通过我的证明让他相信卡拉扬的天才，他也没有用他反对卡拉扬的理由让我相信卡拉扬不过是一个江湖艺人。直到去世，保尔一直认为歌剧是世界万物之最，这与他的哲学体系并不矛盾。而对于我来说当时歌剧就已经降至次要地位，它是我早期热爱的一种艺术，虽然我始终喜欢它，但已有多年可以割舍了。许多年，当保尔生活过得还富裕，还有时间时，他满世界旅行，为的是到一个个著名的歌剧院欣赏演出，最后总是感叹，总归还是维也纳歌剧院最了不起。大都会歌剧院不值一提。科文特花园歌剧院可以忽略不计。斯卡拉有名无实。[1] 所

1　上述三家歌剧院分别位于纽约、伦敦和米兰。

有这些歌剧院都不能与维也纳歌剧院相提并论。但是他说，维也纳歌剧院一年其实也只有一次是真正很杰出的演出。一年只有一次，终究还是有一次嘛。一口气旅行三年，发疯似的跑遍所有所谓世界著名歌剧院，他保尔能够办得到。他因此认识了一切比较有名望的、闻名遐迩的，以及真正有影响的乐队指挥，包括由他们推崇、培养出来的歌唱家。从根本上说他的头脑就是歌剧头脑，他自己的生活逐渐地、在最后几年则迅疾地恶化，俨然一出歌剧，自然是情节起伏跌宕的大歌剧，与此相应的结局也是极其悲惨的。现在这出歌剧正在施泰因霍夫，在路德维希病房上演，这里是整个施泰因霍夫最冷落、最荒凉的地方。不久我就目睹了这里的状况。男爵先生，这是大家给我朋友保尔的头衔，又穿上了白色大礼服，据我所知是在克尼策名牌服装店定做的，在他去世前那几年，他还经常所谓背着我在夜里脱下约束衣，换上这套礼服去那家伊甸园酒吧。他始终有为数众多的朋友，他们或者家境殷实，或者十分富有，他们或有或没有名门贵族背景，这些朋友总是不时还邀请他去萨赫酒店或帝国饭店参加晚宴，省得他在路德维希病房的大理石面桌子上用铁皮盒子用餐，脱下路德维希病房规定穿的白色粗毛袜子和笨重的毡子拖鞋，取而代之的是时尚的英国短袜，配以玛格利、罗塞里或者扬科等名牌皮鞋。

每当他又从施泰因霍夫出来时，便不无反讽和挖苦地对我说，他又经受了一系列电休克疗法的考验，向我描述那做法的残酷、卑劣、无耻和不人道。每逢他的周围感到受到他的威胁，比如他忽然一夜之间恐吓要杀死所有的人，甚至宣布要枪毙和绞死他自己的兄弟，他就被送到施泰因霍夫；每逢他被那些自以为是的医生及其荒诞的治疗完全摧毁，弄得奄奄一息，更不要说能抬起头或者甚至提高说话的声音，就又被放了出来。然后他便退避社交回到特劳恩湖畔，这里维特根斯坦家族至今还有许多房产分散在林间、山谷，以及地形奇特的湖畔丘壑和山冈，有别墅、农舍，还有所谓猎人居和隐庐，维特根斯坦家人今天如果在管理财产上感到心烦了，仍然还到这些地方来歇息片刻。目前，路德维希病房是我朋友的府邸。我忽然踌躇起来，由我主动地从赫尔曼病房这里与路德维希病房建立联系是否妥当，这样做对我们俩是否与其说有利，不如说有害。谁知道保尔现在到底处境如何，没准他的处境对我不利，因此最后我决定暂时不要急于去看望他，暂时不在赫尔曼病房和路德维希病房之间建立联系。换个角度来看，我想，我到路德维希病房去，而且又是突然而至，给他的影响很可能会是毁灭性的。我现在忽然真的对这样的相逢感到害怕，我想，还是让我们的朋友伊丽娜来决定，看看目前在路德维希和赫尔曼两座病房间建立联系是否合适。但是我立刻就又放弃了这个想法，我不想让我们的朋友在涉及我们俩的事情上举棋不定，左右为难。我想，目前我也没有力量走到路德维希病房那边去，到路德维希病房去的这个想法我觉得实在荒谬，于是我完全放弃了这个打算。说到底我无法知道，是否某一天保尔会突然出现在我这里；我想这也绝对可能，我们那位话匣子朋友已经告诉了他我住在赫尔曼病房。我真的很害怕他会闯到这里来。想想看吧，他突然到了赫尔曼病房，来到这座管理最严格、的确只收垂死病人的医院，穿着他那精神病患者的衣服，我想象着那情形，他脚下穿着他那精神病患者的拖鞋，上身是精神病患者穿的衬衫，精神病患者的外套，下面是精神病患者穿的裤子。我害怕见到这一幕。我不知道该怎样与这样的他会面，怎样接待他，怎样接受他这副模样。我想他来看我，对他来说，比反过来我去看他要容易。他只要身子稍微动弹一下，就会是第一个出现在这里的精神病患者。我想，这样的造访毫无疑问绝对会以一场灾难而告终。我尽量摆脱这一想法，试图把思路往完全另一方向引导，但自然这是办不到的。保尔到这里来看望我，这件事简直变成了噩梦在折磨我。我感觉到门会随时打开，保尔迎面走来。一身精神病患者的装束。我想象着，守卫们如何发现他，如何将他套进约束衣，用棍棒将他赶回精神病房。这可怕的景象牢牢地固定在我的脑海里。我对自己说，他是一个很不知道谨慎小心的人，肯定会做出这等荒唐的事情，从铁丝网底下钻过来，跑到赫尔曼病房，冲到我病床上拥抱我。一个像他那样所谓危重精神病患者疾速奔跑过来，将一个人如此紧紧地拥抱，让人觉得非窒息在他的拥抱中不可，而他却贴在被拥抱者胸前号啕大哭起来。我的确害怕他会突然冲进来拥抱我，伏在我身上号啕大哭。我喜欢他，不错，但我不愿意让他拥抱，像他那样一个五十九岁或已六十岁的人，贴在你胸前号啕大哭，我恨这种事情。他整个身体都在颤抖，嘴里结结巴巴说着一些无法让人听懂的词语，嘴角泛着白沫，紧紧地抱着你，使你很快就无法忍受下去，不得不强行从他的拥抱中解脱出来。我经常不得不推开他，自然并非我一定想要这样做，但他那令我窒息的压迫使我别无选择。最近这些年来，他这种拥抱欲的发作愈演愈烈，想从他的拥抱中解脱出来那得拼命地挣扎，几乎使出超人的力量。事情早就很明显，这样一个人已经病入膏肓，有朝一日他本人也会窒息在这样的拥抱中，只不过是个时间问题。他常常会对被拥抱者结结巴巴地说"你是我唯一的朋友，唯一的人，我唯一的一个我所拥有的人"，而这一个人不知道该如何去安慰他，使他从精神失控状态中解脱出来。我害怕他的这种拥抱，害怕保尔会突然冲进房里来。但是他没有来。我每天、每个小时都担心他会冲进来，但他最终也没有来。从伊丽娜那里我得知，他现在如同一个死人一样躺在路德维希病房的床铺上，不论早晚都拒绝进食。这样一来他更加筋疲力尽，那些医生们将他摧毁了以后就不管他了。等到他已瘦得只剩一副骨头架子，自己连起床都不能时，他们便放他出院。他的某一个兄弟用汽车接他，或者任何一个兄弟都没有来，他打出租车返回特劳恩湖畔一处属于维特根斯坦家族的农舍，趴卧几天或几周，根据契约条文详细的规定，他直到去世都有权在此居住，这座农舍已有二百年历史，位于阿尔特明斯特和特劳恩基尔兴之间的高地山谷里，一位忠实于维特根斯坦一家、一辈子依赖这个家庭的老妇在这里经营一小块农田，满足维特根斯坦家人在此度假的需求。保尔的妻子艾迪特每逢这种情况便留在维也纳家里。她知道，她的丈夫只有孤零一人在那里才能疗养恢复得好，包括她在内谁也不可以在这种时刻打扰他，尽管她归根到底是他最亲近的人，直到他去世都是他的爱妻。每当保尔住到特劳恩湖畔，他总是看望我，不是最初的几天里，而是稍后，当他又敢于到人们中间走动时，不再恐惧人们放肆地投向他的异乎寻常的目光，当他又有兴致谈话，谈论他那些哲学思考。于是他就来到了纳塔尔[1]，如果赶上天气适宜，他就一个人坐在院子里，闭着眼睛，听着我在二楼唱机上放的唱片，窗户开得很大，坐在下面刚好可以听得十分清楚。请放一张莫扎特。请放一张施特劳斯。请放一张贝多芬。他在下边朝我说。我懂得放一张什么样的唱片才能合他的口味。我们俩在一起欣赏音乐，一听就是几个钟点，莫扎特、贝多芬，不说一句话，我们俩喜欢这样。末了，我进厨房做一顿简单的晚餐作为这一天的结束，饭后我驾车通过黄昏笼罩中的街道送他回家。这样默默地与他在一起欣赏音乐的时光，我是不会忘记的。他一般需要约两周时间，才能如他所说的，恢复正常生活。他在乡村一直待到他厌烦了，非回城里不可了，便返回维也纳。在那里住上四五个月的样子，就会又出现疾病复发的症候，如此这般地循环往复。我们友谊开始后的最初几年里，他酒喝得很厉害，几乎喝个不停，这无疑加速了他疾病恶化的进程。他下决心戒酒，的确不声不响地付诸实施，他的健康状况先是恶化得让人害怕，可是随后便有明显的好转。他于是真的滴酒不沾了。没有人曾像他那样喜欢喝酒，上午在萨赫酒店他成瓶地喝着香槟酒，对他来说，喝这些酒乃是家常便饭，

---

1 纳塔尔（Nathal），伯恩哈德的居住地。

不值一提。在魏布克胡同的欧本瑙斯小酒馆里，他一个晚上喝好几升白葡萄酒。过量的饮酒酿成了恶果。据我的记忆，他去世前五六年终于戒了酒，否则很可能他会早死三四年，我想如果是那样损失就无法估量了。因为正是在他生命的最后几年里，他才发展成一位真正的哲学家，这之前他只不过是一个长于哲学思考的享受者，像他这样会享受的人在我一生中未曾见到第二个，这使他的为人非常可爱。在赫尔曼病房，或者归根到底可以说在对死亡的恐惧中，我明确地意识到我与我朋友保尔的关系弥足珍贵，事实上是我与男性朋友关系中最值得宝贵的，是我唯一保持得最长久的朋友关系，是我无论如何不想放弃的关系。我现在突然对这个人十分担心，他忽然成为我最亲近的人，我担心会失去他，具体可以从两个方面说：由于我的死或者他的死。在这些星期里，在这些月份里，我躺在赫尔曼病房，死亡近在咫尺，我自己说到底是感觉得到的，我的朋友保尔在路德维希病房何尝不是如此。我忽然渴望见到这个人，见到这唯一的一位能以适合我的方式同其谈话的男性朋友，同他有一个共同的话题，无论这话题是什么性质的，哪怕是最困难的，也能谈得头头是道，谈得继往开来。已经有多久我没有进行这样的谈话了，已经有多久我缺失了倾听的能力，缺失了既阐释同时又接受的能力，已经有多久没有再在一起谈韦伯恩了，没再谈勋伯格和萨蒂[1]了，没再一起谈《特里斯坦》和《魔笛》了，没再一起讨论《唐璜》和《后宫诱逃》了。他同我在我纳塔尔寓所的院子里，一起听舒里希特指挥的《莱茵河交响曲》已是多久之前的事了。现在我躺在赫尔曼病房里，才知道我缺失了什么，由于最近我身染重病有什么离我而去了，才知道我要想生存下去从根本上说我不能缺少什么。我有朋友，最好的朋友，但是我想，没有一位可以在创造力和想象力上，在敏锐的感觉方面与我的朋友保尔相比，从这一刻起，我尽我所能尽快地同我这位不幸的、现在只能神交的伙伴重建直接的联系。我对自己说，假如我们俩又能到外面去，又恢复了健康，我将弥补由于我们躺在鲍姆加特山上医院里所耽搁的一切，我的头脑，如同人们所说的，极其需要补充精神养料。我的头脑里已经堆积了无数的话题，等待着我的谈话伙伴。而我的朋友保尔，如我们的好朋友伊丽娜几天前跟我讲的那样，可能仍然穿着约束衣躺在病榻上，凝视着与另外二十四个病人共用的病室的天花板，拒绝进食任何东西。我心里想，我得尽快地去他那里。这几个星

1　安东·韦伯恩（Anton Webern，1883—1945），奥地利作曲家，是勋伯格最杰出的弟子之一。阿诺尔德·勋伯格（Arnold Schönberg，1874—1951），美籍奥地利作曲家，是新维也纳乐派的奠基人和西方现代派音乐的主要代表人物之一。埃里克·萨蒂（Erik Satie，1866—1925），法国作曲家、钢琴家。

期天气酷热难忍，尤其是那位伊默福尔深受其苦，不仅不得不放弃玩二十一点，而且他突然连站都站不起来了。他脸庞下陷，显得鼻子忽然奇大无比，突出的颧骨看起来古怪得令人心悸，他的皮肤呈现几乎透明的灰色。大部分时间他都不知羞臊地敞开被子躺在那里，叉着的双腿几乎只剩下骨头了。他随时都得撒尿，人虚弱得连尿瓶也拿不起来了，而护士们自然不能总待在我们房间里，于是拿尿瓶为他接尿的事就是我在做了。他已经如此笨拙，总是把尿尿到外边。他的嘴几乎总是张开着，从里边流出介乎黄绿之间的液体，将近中午时就把枕头和床垫给弄脏了。他身上也突然发出那种我很熟悉的味道：死人身上才有的味道。我们那位学神学的大学生在这些天里，更多地与我搭讪，不怎么搭理伊默福尔，大多时间他都在读一本神学书，根据我的印象，其他的书他根本没读。每逢住在格林卿的父母到这里来看望他，就坐在他的床旁，反复跟他讲，他们在这个世界上除了他这个儿子外一无所有，他可不能扔下他们不管。但是说到他，我感觉不到他会离开这个世界。一天夜里，不晓得是什么时辰，人们把伊默福尔连床带人弄到了走廊里，我当时睡着了没有觉察，当我清晨带着体温记录表到治疗室去量体重时，看到走廊上他的那张床已经换上了新的铺盖。我本人也消瘦得不成样子，只剩下一张圆盘子脸和一个鼓胀得像皮球一样的可怕的大肚子，上面形成一些小的瘘管，看上去它随时都有爆裂的可能。当我从我邻床神学大学生的收音机里听到转播蒙扎的赛车时，我想到，我的朋友保尔除了对音乐的无比热爱以外，能使他热情洋溢的另一件事情便是赛车这项运动，别的都不可能让他如此这般投入。作为年轻小伙儿他就曾参加过赛车，他最好的朋友中有不少人都是这项运动的世界冠军，我本人对此项运动相当反感，我认为没有什么能比赛车更冒傻气的了。但是我的朋友却不然，他就着迷赛车，而且几乎让自己具备了一切参与的可能性。多么难以设想啊，以我之见，他对贝多芬弦乐四重奏的评论最有见地，他是唯一一个给我正确解开"《哈夫纳交响曲》之谜"的人，使我从此觉得他将这部交响曲变成了数学奇迹，而就是这个人同时却是一个无限痴迷于赛车运动的人，如我所知，赛车在几乎不可能再狭小的弯道上发出的刺耳噪声，在他耳中犹如他所迷醉的音乐。维特根斯坦一家人痴迷于赛车，过去和现在都是如此，许多年夏天，他们邀请那些最优秀的赛车手到特劳恩湖畔他们的房舍做客，我还记得，我曾应保尔的邀请在他家中见到过杰克·斯图尔特，见过快活有趣的小伙子格雷厄姆·希尔，还见过之后不久在蒙扎一次事故中不幸身亡的约亨·林特，与他们一起在特劳恩湖畔的山

64

冈上度过一些夜晚，每每欢聚至深更半夜。我的朋友保尔曾说过，如今已经六十多岁了，对赛车的看法自然有所变化，他也像我一样认为赛车运动是弱智了，在他面前我始终坚持这一观点。但是，一级方程式在他心里仍然总是占有明显的地位，同他在一起，他若不总是在什么时候谈起他所喜爱的赛车运动，那几乎是不可能的，他总会适时地找到突然把话题转到赛车运动项目的可能性，当然进入这个话题就很难再打住了，这让人不能不考虑，如何才能让他摆脱忽然又左右着他的对赛车运动的痴迷，这痴迷的确几乎伴随了他一辈子，使他癫狂得忘乎所以，给他带来了严重的后果。的确他有两种狂热的爱好，同时这也是他的两大疾病：音乐和赛车运动。在他的前半生里，赛车运动就是他的一切，后半生则是音乐。还有帆船运动。但时过境迁，他现在哪里还能任凭他对体育的狂热恣意妄为？在我认识他之后，他对赛车运动的狂热已经只限于理论上了，在实践上他早就不再去赛车，也不再驾舟扬帆了。他自己不再像以前那样有钱花了，亲戚们严格限制他的开支，当他们看到，数年里他实际上已经完全陷入意志消沉之中不能自拔，他们便安排他去环路绍腾路段的一家保险公司，即所谓的环路大楼里工作，因为他已经没有别的办法，只得在这里身体力行地挣钱养活自己，可以想象得到，他也干不了什么大事，只是送送文件、做个表格之类，挣点小钱。他到底是有家室的，他得缴纳房租，他住在皇家马厩胡同，西班牙骑术学校斜对面，属维也纳第一区，即市中心老城，这里房租特别高。迄今为止一直优哉游哉的这位男爵先生，现在必须早晨七点半就到达办公室，在这里，这种办公室工作的辛苦劳顿他都得承受。但这个事实并未让他望而却步。下班后，他经常拿他上班的事寻开心，每逢他兴趣上来了，想要描述和津津乐道一番所谓市立保险公司里边的情况，他的想象力便有超常的发挥。他可以一个晚上让人听得有滋有味，他说他终于来到了普通人中间，他高兴啊，忽然之间可以看到民众的真实状况了，知道他们实际上在干些什么了。我想，保尔的亲戚把他安排在这家保险机构里工作，不过因为他们同这家公司的经理有点关系，没有这层关系人家才不会雇用像他那样的人，何况他那岁数了，几乎到了花甲之年，没有哪一家公司会录用像他那样条件的人。得工作，得挣钱养活自己，对我们这位男爵先生自然是从未有过的新鲜事，大家都看出来这差事他干不长。可是他们都错了，直到他去世前不久，直到他实在病得无法去上班了，他一直都在环路大街绍腾路段那家保险公司工作，中规中矩，准时走进去，准时走出来。他经常说"我是一个地道的模范公务员"，对此我从不怀疑。他的第二任妻子艾迪特，我想，他是在柏林与她结识的，据我估计，是在去歌剧院看歌剧的前后，或者在观看歌剧的过程中。她是曾创作歌剧《安德烈·谢尼埃》的作曲家焦尔达诺[1]的侄女，其亲戚大多都住在意大利，她每年都要回意大利去疗养生息，同保尔（她的第三任丈夫）一起或单独一人，多数情况下是自己一人去。我的确特别喜欢她，每逢我去布劳伊纳霍夫咖啡馆，看到她坐在那里喝咖啡都很高兴。每次同她谈话都让人感到特别舒服，且不说她出身的家庭非同一般，她的聪慧和她的魅力也远远超乎寻常。她风度优雅是不言而喻的，她是保尔·维特根斯坦的妻子嘛。她丈夫保尔的病情不停地恶化，越来越频繁地发作，可以说死神已在向他招手了，到维也纳和特劳恩湖畔的医院都不能解决问题了，更多的时间住在施泰因霍夫，或者林茨的瓦格纳-尧雷格医院，在这些显然十分痛苦的日子里，我清楚知道她的处境多么困难，但她从未抱怨过。她爱保尔，她一分钟也不能扔下他不管，尽管大多数情况下她不得不与他分离，她总是住在马厩胡同上世纪末建造的老房子里，而她的丈夫则住在施泰因霍夫，或者林茨的瓦格纳-尧雷格医院（以前人们称这里为尼德恩哈

1　翁贝托·焦尔达诺（Umberto Giordano，1867—1948），意大利作曲家，主要从事歌剧创作，代表作品有《罪恶生活》《安德烈·谢尼埃》《费多拉》等。

特）里，穿着约束衣躺在某一个大房间里，同其他病友一起可以说是挨着时日。他的疾病发作不全是突然性的，总是几周前就有迹象，比如说他开始双手颤抖，说不了完整的句子但又不停地说，数小时都无法打断；或者走路的样子突然改变，完全没有规律，跟人一块儿走突然很快走上十几步，然后又特别慢地走上三五步；比如说在大街上与根本就不认识的人搭话，也看不出有什么理由，或者在萨赫酒店上午十点钟就要一瓶香槟酒，但又不马上喝，让酒一边搁着，任其变温。这一切还都无关紧要。糟糕的是，他有时竟将服务员刚放到桌子上他要的一托盘早点，抓起来摔到贴着丝质壁纸的墙上。据我所知，一次他在圣彼得广场上了一辆出租车，只说了"巴黎"一个词儿，随后那司机，这位认识他，真的就把车开到了巴黎，害得那里的一位不知是姑姑还是婶子不得不为他付了车费。到我在纳塔尔的家，他也有许多次坐着出租车来，只待半个小时，如他所说，就是为了来看看你，然后便立即返回维也纳，不管怎么说光单程也有二百一十公里，来回总计四百二十公里。每当他，如他自己所说的，又成熟了，便连杯子也拿不住，随时都可能失去自制大哭起来。人们碰到他，总看到他衣着很时髦很讲究，他的这些衣服都是从朋友那儿来的，不是他已去世的朋友遗赠给他的，就是健在的朋友送给他的，比如说上午十点钟，他在萨赫酒店穿一身白色西装，十一点半钟，在布劳伊纳霍夫咖啡馆又换上了一身灰色条纹料子的，一点半钟在国宾饭店穿的是黑色套装，下午三点半钟，在萨赫酒店他的西装则是淡黄色的。不管他在哪里，或站或走，他都引吭高歌，嗓音沙哑，不仅唱整段瓦格纳歌剧的咏叹调，而且经常还唱半部《齐格弗里德》，或者半部《女武神》[1]，也不管他周围做何反应。在大街上他常问一些他根本就不认识的人，是否人家也像他那样，认为在克伦佩雷尔[2]之后，听音乐就是无法忍受的了。大多数被他这样提问的人，对克伦佩雷尔一无所知，对音乐更是一窍不通，但这并不影响他这样做。要是赶上他兴致上来，他会在大街上就做起关于斯特拉文斯基[3]的报告，或者关于歌剧《没有影子的女人》，并且宣布，他不久将在特劳恩湖上，同世界上最好的音乐家合作演出这部歌剧。除了瓦格纳的歌剧，他最喜欢的就是《没有影子的女人》。他的确反复到一些最著名的歌剧演员那里，询问过在特劳恩湖上演出《没有影子的女人》他们要多少报酬。他经常说，

---

1 《齐格弗里德》与《女武神》同属瓦格纳的歌剧《尼伯龙根的指环》（四部曲）。

2 奥托·克伦佩雷尔（Otto Klemperer, 1885—1973），德国指挥家、作曲家，晚年获得以色列国籍。其指挥风格以冷静客观著称。

3 伊戈尔·斯特拉文斯基（Igor Strawinsky, 1882—1971），美籍俄裔作曲家、指挥家，西方现代派音乐的重要人物之一。

我要建一座水上舞台，交响乐队在特劳恩施泰因下面另外一个水上舞台上演奏。《没有影子的女人》应该在特劳恩湖上演出，他说，应在特劳恩基尔兴和特劳恩施泰因两地之间。克伦佩雷尔的死使我的计划泡了汤，他说，找伯姆[1]合作不会有什么好结果，他指挥的《没有影子的女人》只会让我深感内疚。有一回他去维也纳最好的、也是最昂贵的克尼策制衣公司，一次量身定做两件白色大礼服。衣服做好了，他让人通知服装公司说，当真要给他送来两件白色大礼服，简直荒唐，他甚至没有在克尼策服装公司定做一件黑色大礼服，别说两件白色的了，难道说克尼策服装公司以为他这个人发疯了吗。实际情况是，他在几个星期里多次跑到克尼策服装公司，目的就是让人一遍又一遍修改他所定做的两件大礼服。说几个星期那是太少了，有好几个月，克尼策服装公司因为他不断提出这样或那样的修改要求而叫苦不迭，当两件白色大礼服终于修改完毕，保尔却矢口否认他曾在克尼策服装公司定做过两件大礼服。两件白色大礼服，他说，他们在想什么哪，我量身定做了两件白色大礼服，而且偏偏还在克尼策服装公司，这怎么可能。然而克尼策服装公司带着一大捆证据要求保尔给他们

1　卡尔·伯姆（Karl Böhm, 1894—1981），奥地利指挥家，擅长演绎德奥歌剧和交响乐。

应得的手工费，保尔哪有钱呢，自然又是维特根斯坦家为他支付。不言而喻，这个事件之后保尔又回到了施泰因霍夫。他的亲戚不希望看到他享有自由，更愿意他住进医院，他们不得不考虑到，他总是浑不吝地滥用他拥有的自由。他们恨他，可是对我来说，他的确是他们给这个世界生产出来的极可爱的一件作品。我们俩同时都来到了我们的命运之山，威廉米恩山。我住进与我所患疾病相适应的肺痨病房，他住进适合于他的精神病院。他总是扳着指头给我数着，他多少次住进施泰因霍夫和尼德恩哈特，即瓦格纳-尧雷格医院，但他的手指不够用，总是无法数得正确。在保尔的前半生里，对他来说，钱没有太大的意义，因为他觉得，还有他的叔叔路德维希，他们俩觉得可供支配的钱是大量的，取之不尽的，在他的后半生则不然，分文不名的他方才知道没有什么比钱更重要的了。在后半生的一些年月里，他仍然像以前那样大手大脚随便花钱，这样做自然引起亲戚们的不满，最终导致与其反目成仇，从此他，至少在法律上，没有权利再向他们提出任何要求了。几乎是一夜之间他就找不到钱花了，于是他干脆把家里墙上挂的油画取下来，廉价卖给维也纳和格蒙登的奸商。他家里那些珍贵的家具，大部分都让一些所谓旧货商给装进不伦不类的各种货车里拉走了，付给他的价钱简直不值一提。

出自老皇帝约瑟夫时代的一个多斗橱柜多值钱哪，可是他们只用一瓶香槟酒就把它买到手了，他立即与面前的旧货商一起把它喝光了。最后他只有一个愿望，即他一再提出的，至少要到威尼斯去一趟，在格里蒂旅馆，这是一家五星级饭店，美美地睡上一觉，但是太晚了，他没有机会了。他给我讲述过他在施泰因霍夫和瓦格纳－尧雷格医院的情形，听起来让人难以置信，真应该在这里转述一下。但这里不是讲这些的地方。他说，只要我还有钱，医生们对我都不错，但当我一文不名了，他们对待我就跟对待猪猡一样，他不止一次这样说。这位男爵先生被看护们关进一个笼子里，那里有几百张这种装有围栏的床，不仅四周，而且顶部也都装上了铁条，直到他被制伏，没有了反抗能力为止。在几周的电休克治疗之后，他会变成什么模样，我真的怕见到他。有一天事情发生了。在午饭和下午探视时间之间，这段时间赫尔曼病房里十分安静，我感觉到有只手放在我的额头上，我醒了，他站在那里问我是否可以坐下。他一坐到我的床上，先就一阵狂笑，为什么呢，因为他与我一起同时住到了威廉米恩山上，他觉得这太滑稽可笑了。他说，你到了你应该到的地方，我到了我应该到的地方。他只待了一会儿，我们相约经常相互走访，我应该去他所在的施泰因霍夫，他从施泰因霍夫到鲍姆加特山上

72

我这里来，我从赫尔曼病房到路德维希病房他那里，他从路德维希病房到赫尔曼病房我这里。但是我们的这一约定只实现了一次。我们俩各自走了一半路，在赫尔曼病房和路德维希病房中间的路上相逢，坐到一张长椅上，一个刚好属于肺痨病房的长椅。他连连说"荒诞，荒诞!"，然后就哭泣不止。好半天他都因为哭泣而全身抖动。我一直陪他走到路德维希病房，大门前已有两位看守在等他了。我满心悲伤地回到了赫尔曼病房。这次长椅上的会面，我们俩各穿着规定我们穿的病号服，我穿的是肺痨病号服，他穿的是施泰因霍夫精神病人服，这次会面对我的影响太深了。这以后我们诚然还能有见面的机会，但我们没有再聚会，我们不想再遭受会面给我们心灵带来的几乎无法承受的压抑，我们俩都感到，一次这样的会面就够了，在威廉米恩山上我们再也不要这样的聚会了，从此对会面我们都是三缄其口。在我终于从赫尔曼病房出来，而不是原先想象的那样死在里边，当我重又回到纳塔尔之后，有一段时间没再听到关于我朋友的任何消息。我竭尽全力让自己适应正常生活，还没有想开始一项新的工作，但我想花点力气，把我不在这一段时间的确疏于照料的房子整理一下，慢慢来，我对自己说，不着急，逐渐地创造条件让我有一天可以在这里开始工作。一个数月离开家住医院的病人重新回来，眼前的一切都变得陌生了，他只能逐渐地、一步步地、吃力地重新熟悉一切，重新把在这期间的确失掉的东西，不管它是什么，再寻找回来。由于病人原则上总是孤独一人，一切其他的说辞都是居心叵测的谎言，若想回过头来重新开始数月前，拿我来说由于多次住院甚至于可以说数年前停顿下来的事情，那当然是得百般努力，甚至于得使出超常的力气。健康的人不理解这一点，他会立刻不耐烦，他本应该帮助重新返回的病人，为其排忧解难，结果却反而增加了他的困难。健康的人们还从未对病人表示出真正的耐心，自然病人对健康的人也没有足够的耐性，这一点也不应忘记。病人自然会对一切提出更高的要求，而健康的人因其健康就不需要提出如此高的要求。病人不理解健康的人，反过来健康的人也不理解病人，这样的冲突经常是致命的，归根到底病人是这种冲突的受害者，他招架不住，但是健康者自然也是如此，常常因此而生病。一个病人数月或数年前由于疾病离开了一个地方，现在他突然回来了，怎么样与他打交道不是一件简单的事情，因为他的离开意味着离开了一切，那些健康的人多数情况下也不愿意帮助重新返回的病人，事实上他们的所谓乐善好施一贯都是伪装出来的，他们没有，也不想去呵护帮助病人，他们的伪善只能伤害病人，对病人毫无益处。病人事实上总是孤独的，来自外界的所谓救助，其实，如我们所知道的，几乎永远只是阻碍，或者是干扰。病人当然是需要别人帮助的，需要的是那种最不引人注意的一切帮助，但是健康者不会这样做。他们对病人给予的那种自私的、虚伪的所谓帮助，归根结底是在加重病人的困难处境，而不是帮助他们克服困难。他们这些帮助者多数情况下不是在帮助病人，而是去打扰他们。重新回到家里来的病人承受不了任何的骚扰。如果病人要提请人们注意，人们不是在帮助他而实际上是在打扰他，那他就会受到那些标榜是帮助他的人的谴责。他会被指责为傲慢和无比的自私，殊不知他这样做只不过是被逼无奈的正当防卫。健康人的世界接待从医院回到家里来的病人纯粹是虚情假意的，所谓乐于助人、所谓奉献精神都是假的，假如哪位病人相信了这一套，真的要接受健康人的友好相助，接受健康人的真诚奉献，立刻这一切就现了原形，他们只不过是在做宣传，是作秀罢了，对此病人最好不予理睬。友好相助、真诚奉献，嘴上说说自然是容易的，但真的去实施是再难不过的了，在这方面要精确区分什么是虚伪什么是真实很难，界线划在哪里恰当，不容易弄清楚。很长时间我们以为人家为我们做的一切是真诚的，然而事实证明，那一切都是虚情假意，只不过我们目光迟钝，不辨真假，有时甚至就同瞎子一样。健康人虚伪地对待病人，这是司空见惯的事情。从根本上讲，健康人不想与病人打什么交道，他不愿意看到，一个病人，一个的确身患重病者，忽然提出恢复健康的要求。健康人阻挠病人康复痊愈，或者至少阻挠病人重新恢复正常的生活，或者改善他们的病况。健康人如果说老实话，他们得承认，他们根本不想与病人有什么来往，不想由此想起疾病，以及由此自然地、合乎逻辑地想到死亡。健康者只想同健康者在一起，实质上他们不能容忍病人的存在。我有着亲身的感受，知道从病人世界回到健康人世界总是多么困难。在病人生病期间，健康人完全疏远了他们，放弃了他们，只顾如何保全自己去了。可是现在，那个已经被他们解决和处理掉了的，已经不再烦扰他们的，实际上已经早就被置于脑后的病人又回来了，并要求其权利。自然人们立刻要让他明白，他实质上已没有任何权利了。依健康人的角度看，病人已不应该有任何权利了。我这里所说的病人，总是指那些重症病人，那些患不治之症的人，像我和我的朋友保尔所患的病症。病人由于其疾病而变成失去自主权的人了，必须乞怜健康人的施舍。病人由于其疾病把位置腾出来，现在忽然回来要求自己失去了的位置，对健康人来说绝对是闻所未闻。因此重新回来的病人总有一种感觉，他突然挤进了一个他已无权过问的领域。世界各地都是这种情形：病人离开了，健康人马上占据了他的位置，并且的确占为己有，而后来那病人回来了，并没有像所估计的那样死掉，他又回来了，并想重新占据他的位置，把自己曾经的所有从健康人手中拿回来；这些健康的人呢，看到那本来已经被"除名"的人再次出现，他们因此必须退缩和承受限制，这当然与他们的意愿极不相容，重新回来的病人要想重新夺回和占有他因疾病而失去的位置，也需要非凡的力量。我们知道，那些重症病人如果他们一旦能重新回家，便会不顾一切地去竭力夺回他们失去的位置。有时候他们甚至有力量挤走健康者，把他们挤对得远远的，甚至置其于死地。但是这种情形实属罕见，绝大多数情况是我上述已经讲的情形：重新返回家园的病人，期待着的是人们对他们小心呵护，可是他们真正遇到的归根结底是透着残酷的虚伪，病人是心明眼亮的，他立即就看穿了他们的把戏。人们应该对重新返回家园的病人，我指的是重症病人，小心呵护，耐心地照顾他们。但这样做显然是太难了，我们几乎没有见到过重症病人出院后会受到如此这般的对待。健康人的所作所为，让病人立即感到他根本不应该返回到这里，不该到健康人中间来，这些健康者不遗余力地将重新返回家园的病人推开，尽管他们口头上讲的刚好与此相反。但我当时没

77

有遭受上面所讲的这些困难，我返回的那个家空无一人。在这期间出院的保尔也很幸运，他回到了他妻子艾迪特身边。我几乎不曾见过像保尔妻子这样心眼好、乐于助人的人，她一直怀着对他真挚的爱照顾他，直至有一天，大约在他去世的半年前，患了中风，身体部分瘫痪，在医院里住了很长时间，出院后虽然她已有数月之久出现在内城，但自然已不是先前的艾迪特了。比中风前更加拘束，更加谨慎，只在她家附近购物，对她来说做饭已经比较吃力了，就在多罗特胡同的格拉本饭店里吃午饭，那里的价格固然仍然便宜，但与今天相比，以前那里的饭菜堪称物美价廉。这家饭店的两位所有者，同时也是蕾吉娜酒店和皇家饭店的老板，自从他们相继过世之后（两人都是被帕金森病夺去了生命），这三处饭店里餐厅的饮食就不能吃了，我也很长时间不到那里吃饭了，很遗憾，坐在格拉本饭店的餐厅里原本是非常惬意的事情。后来艾迪特也去世了，我的朋友保尔于是真的变成孤家寡人了。他的情况从此一蹶不振。有时看起来他似乎还是老样子，但是如人们通常所说的，死神已经向他发出了邀请。他自己也知道，在这个世界上他绝对没有什么可以留恋的了。有几次他试图在萨尔茨卡默古特山区疗养，但都不再有任何起色。如果说在他妻子艾迪特在世时的大部分时间里，他总是把她一个人扔在布劳伊纳霍夫咖啡馆上面的单元房里，那么现在妻子去世后，他一个人却根本无法生存下去了。他给人以万念俱灰的印象，别人对他也爱莫能助。我同其他朋友一起，我们经常带他去饭馆，为了像通常人们所说的那样，让他散散心，但无济于事。在他妻子去世后，他自己去萨赫酒店，像以前一样喝香槟酒，但过后他的情绪更沮丧、更抑郁。在保尔在世的最后几年里，每当他正好不在施泰因霍夫，或者也不在瓦格纳－尧雷格医院（这是家精神病院，医院名称中的瓦格纳－尧雷格也是保尔的一位亲戚），他就经常同他妻子一起去特劳恩基尔兴，现在他独自一人旅行，这对他的打击无疑是毁灭性的。远远就能看出他那绝望的样子，他在这一带跑来跑去，再也找不到任何依赖和支撑。在阿尔特明斯特和特劳恩基尔兴之间山冈上他的家里，总是很冷，整个这个季节都是如此，让人一走进去就感到似乎不一会儿就非冻死在里边不可。这处房产的一半归他的一个兄弟所有，这位兄弟一年里大多数时间生活在瑞士，再加上四面高墙直至房顶都潮湿，上面挂着四幅克利姆特时代的、让人颇为反感的油画，都已经发霉变质，旁边还有一幅是克利姆特亲手绘制的画，这是武器生产商维特根斯坦家请克利姆特画的，他们也让那个时代其他著名画家作画，以资助艺术为借口让著名画家画像，这在十九世纪与二十世纪之交在所谓新贵中非常流行。实际上，维特根斯坦家同他们那个阶层的其他人一样根本谈不上喜爱艺术，但是他们愿意做艺术的资助者。在房间的一个角落里放着一架贝森朵夫牌三角钢琴，可以想象，那个时代的所有钢琴大师都曾在它上面演奏过。这个房间让人感到寒冷，主要原因是在偌大的房间里矗立着的一个瓷砖炉子已经损坏，几十年没法使用，它看上去不像取暖的炉子，倒像个大冰箱。我总是看见保尔和他的妻子艾迪特裹着裘皮外套坐在炉子旁。在萨尔茨卡默古特山区取暖炉子要烧到六月，然后从八月中开始又要生火了。这是一个寒冷的、不适宜人居住的地带，却被人们情有独钟地称为避暑胜地，真是再荒谬没有了。萨尔茨卡默古特的天气条件对所有身体敏感的人都很有害。在这里所有的人毫无例外都患有关节炎，上了年纪后他们都腰弯背驼、身体残疾。只有特别强壮的人在这里才能撑得住。萨尔茨卡默古特对那些到这里短暂旅游的人来说可能是很美的地方，但对长期在这里生活的人而言那就是灾难。保尔喜欢这个地方缘于他的童年是在这里度过的，但这个地方越来越让他感到抑郁。在维也纳他希望到萨尔茨卡默古特这儿来改善他的状况，可是到了这里，他的状况只有恶化。萨尔茨卡默古特总是肆无忌惮地压抑他的心灵和身体。这期间我与保尔在阿尔特明斯特一带散步没有任何益处，虽然我们之间总有些很理想的谈话，但自从他的妻子艾迪特去世，一切的确突然变得没有希望了，无论如何与以前完全不同了，好似一切都破碎了。每当他笑起来，都笑得很吃力。除了他失去了妻子和爱人这个原因，他的年龄也让他做起任何事来都要比以前加倍困难。我们坐在其中的那个房间如此潮湿，空气如此不新鲜，我觉得非窒息在里边不可，虽然外边阳光明媚。我于是明白了，他和他的妻子为什么几乎不住在这里，大多数时间住在下边的霍普特大街一家小旅馆里。住在那里的好处是不必什么都得自己动手做，过了六十岁，没有人还愿意事必躬亲，艾迪特去世时几乎已是八十岁的老人了。我记得保尔和我，还有我的兄弟，我们曾一起在特劳恩湖上驾驶帆船，真是荒唐。我坐在船上看到那么高的风浪很怕，很后悔，而保尔这位病危的人，却仍然像以前那样激情洋溢。我兄弟鼓励保尔继续做这种扬帆驾船运动，但这是最后一次了，说到底他身体太弱了，无法从事这样的活动。虽然他这次和我还有我兄弟在湖上扬帆让他感到很快活，但到了岸上便黯然神伤，他很清楚，这是他最后一次湖上驾舟了。这期间他总是一有机会便说"这是最后一次了"，都成口头禅了。每逢我这里有朋友来，他都跟我们一起去散步，不是太乐意，但他跟着一起走。我也不是一个喜欢散步的人，这一辈子每次散步其实都是勉强的、违心的，但同朋友一起我不但去散步，而且做得还让这些朋友以为我是个特别喜欢散步的人，我的假戏做得颇为真实，他们都对我如此钟爱散步感到惊讶。我绝对不是一个喜欢散步的人，我也不是热爱自然的人，不是懂得自然的人。但有朋友来访，我总是做得使他们误以为我是个喜欢散步的人，是个热爱自然、懂得自然的人。我根本不了解自然，我憎恨自然，因为它会置我于死地。我所以生活在大自然中，因为医生对我说，我要想战胜疾病活下去，就得在大自然中生活，没有别的原因。我确实什么都喜欢，就是大自然除外。由于我目睹其美好时，总是同时会想到其阴险恶毒和冷酷无情，所以我怕它，如有可能就尽量回避它。我是一个城里人，对大自然我只是忍受它，这是实情。我住在乡下完全违背我的心愿，总而言之，那里的一切总是与我格格不入。当然，保尔也和我一样，是一个彻头彻尾的城里人，他和我一样，在大自然中很快就会精疲力竭。有一回我急需一份《新苏黎世报》，我想读一篇关于莫扎特歌剧《扎伊德》的评论，《新苏黎世报》做了登载此文的预告，我想，我只有到距此八十公里远的萨尔茨堡才能找到《新苏黎世报》，于是我就乘坐一位女友的汽车，还有保尔，我们一起去萨尔茨堡，开往这座所谓世界闻名的艺术节城市，去找

《新苏黎世报》。可是出乎所料，在那里我们没有弄到《新苏黎世报》。于是我想可以到巴特赖兴哈尔温泉城去找，我们驱车来到这个闻名遐迩的温泉城市，但是这里也找不到《新苏黎世报》。我们仨都或多或少有些失望地返回纳塔尔，在我们快要到达纳塔尔时，保尔忽然说我们应该去巴特哈尔，那儿的温泉享誉全世界，我们肯定可以在那里找到《新苏黎世报》，读到那篇关于《扎伊德》的文章。于是我们就按照保尔所说的，又开了八十公里的车到了巴特哈尔，但在这里我们仍然没有找到《新苏黎世报》。由于从巴特哈尔到施泰尔近在咫尺，于是我们去了仅仅二十公里以外的施泰尔，但是在施泰尔我们仍然没有找到《新苏黎世报》。随后我们又去韦尔斯碰碰运气，也是徒劳一场。为了找到《新苏黎世报》我们驱车行进了三百五十公里，最终还是一无所获。我们仨难以设想地疲惫不堪，走进韦尔斯一家餐馆想吃点东西休息一下，为找《新苏黎世报》的一通儿转悠，弄得我们体力消耗几乎达到极限。每当我想起当初四处寻找《新苏黎世报》的情形，我都觉得，保尔和我一样，都被折腾得够呛，假如我们不是的的确确精疲力竭了，肯定还会去林茨，会去帕绍，也许还会去雷根斯堡和慕尼黑，最终我们甚至也会直接去苏黎世买《新苏黎世报》，我想在那里买《新苏黎世报》应该不成问题。由于在所有上面提到的、我们专程驾车去过的地方都没有找到《新苏黎世报》，在夏季的月份里都找不到这份报纸，更不要说在其他季节了，我就不能不把这些我们到过的地方称为丑陋和糟糕的地方，这样称呼绝对没有诬蔑它们。不称它们为丑陋不堪和糟糕透顶就算便宜它们了。当时我清楚地意识到，一个注重精神的人无法在一个找不到《新苏黎世报》的地方生存。你想啊，在西班牙、葡萄牙和摩洛哥，一年到头，哪怕是在一个仅有一家小旅馆的弹丸之地都能读到《新苏黎世报》。可是在我们这儿却不行！在这样一些鼎鼎大名的地方竟然找不到一张《新苏黎世报》，甚至萨尔茨堡也没有，这不能不让我们怒火中烧，更加憎恨我们这个落后的、狭隘顽固的国家，明明乡巴佬一个，却又令人十分厌恶的狂妄。我曾说过，我们应生活在至少可以找到《新苏黎世报》的地方，保尔绝对与我的观点相同。他说，在奥地利事实上只有维也纳还行，所有其他城市也标榜说有《新苏黎世报》，实际上在那里人们得不到它，尤其是当人们正好要读这份报纸时、特别需要它时，在那里一定得不到它。我想起来了，直到今天我也没有弄到那篇关于《扎伊德》的文章。我早把它淡忘了，自然没有这篇文章我也不会就活不下去。但当时，我以为我必须读到它。保尔在这件事情上的确支持我，不光是口头上，还身体力行地帮助我，同我一起开车走遍了大半个奥地利，直至德国的巴伐利亚，去寻找关于《扎伊德》的那篇文章，寻找《新苏黎世报》，乘着一辆敞篷车，这一点得着重指出，结果弄得我们仨无一幸免地伤风感冒了一周多时间，尤其是保尔病得着实不轻，据说很长时间卧床不起。我与他沿着特劳恩河散步，一走就是数小时，从施泰勒米尔上方的科尔维尔河开始，距我住的地方两公里处的特劳恩河畔，现在还是一处很具特色的公园，它延伸到将近十三公里远处的特劳恩湖，著名的里茨先生将这段水域评定为世界上现存的最适宜于鳟鱼生长的地方，但是据我所知，过不了多久情况就会变化，因为其所有者利欲熏心，已将整个公园分割得七零八落。沿着这段水域散步确实很惬意，一方面有斑驳的树荫遮阳，又有来自河水的沁人心脾的凉爽，我们忽然又和以前一样兴致勃勃侃侃而谈了，话题自然完全适应他这方面观点的变化，不再谈论他以前关注的歌剧，而是所谓室内音乐。在精神方面，他对大歌剧院的兴趣也减退了。他现在不再谈论夏里亚宾[1]和戈比[2]，不再谈论迪斯特凡诺[3]和朱丽艾塔·西米欧纳托[4]，

---

1 费多尔·夏里亚宾（Fjodor Schaljapin，1873—1938），俄国男低音歌唱家。
2 蒂托·戈比（Tito Gobbi，1913—1984），意大利男中音歌唱家。
3 朱塞佩·迪斯特凡诺（Giuseppe Di Stefano，1921—2008），意大利男高音歌唱家。
4 朱丽艾塔·西米欧纳托（Giulietta Simionato，1910—2010），意大利女中音歌唱家。

而是谈论关于蒂博和卡萨尔斯[1]及他们的演奏艺术。关于茱莉亚弦乐四重奏和阿马迪厄斯四重奏，以及他所喜欢的的里雅斯特三重奏。在处理上阿尔图罗·本内德蒂·米凯兰杰利[2]如何与波利尼根本不同，鲁宾斯坦如何与阿劳和霍洛维茨截然相反，等等。保尔现在已经如人们所说的一条腿迈进了阴间，我认识他已经十多年了，可以说他一直重病缠身濒临死亡。如前所述，在威廉米恩山上，坐在长椅上，他只说了声"荒诞、荒诞"，我们俩就默默地确认了我们之间终生的友谊。现在难以设想，十三四年前他迷上了一位美国女高音歌唱家，成为她的歌迷，人家几乎在世界所有大歌剧院里演唱夜后和泽比内塔[3],他就跟着满世界跑看人家的演出，最终自然还是不得不放弃，只有在梦里去听她演唱了。曾几何时，他到处旅行去观看欧洲最著名的赛车项目，他甚至自己也参加过赛车，同时他还是最好的帆船运动员之一，真是不可思议。现在很难设想，数十年中，他从未在清晨三四点钟前上床睡过觉，绝大多数夜晚他都是

1　法国小提琴家雅克·蒂博（Jacques Thibaud，1880—1953）与西班牙大提琴演奏家帕布罗·卡萨尔斯（Pablo Cassals，1876—1973）和法国钢琴家阿尔弗雷德·科尔托（Alfred Cortot，1877—1962）组成著名的三重奏小组。

2　阿尔图罗·本内德蒂·米凯兰杰利（Arturo Benedetti Michelangeli，1920—1995），意大利钢琴家。1964年他在布雷西亚创建国际钢琴家学院，并任院长至1969年。

3　夜后，莫扎特的歌剧《魔笛》中的人物。泽比内塔，理查·施特劳斯的歌剧《阿里阿德涅在纳克索斯》中的人物。

在欧洲最著名的酒吧里度过的。他甚至曾置维特根斯坦家持家原则的一切规定于不顾，当过舞男。据说他的确曾经作为一位上等人，出入新老欧洲最好的饭店。现在也难以想象，他曾经数十年以他的呼喊和口哨造就了维也纳歌剧院最成功的和最失败的演出。在他生命这最后几年的悲伤岁月里，所有他的这一切经历已成为如烟的往事了。他与我在夕阳里坐在纳塔尔我家的院墙旁，还在回想着，他去过多少次巴黎，去过多少次伦敦和罗马，喝过多少瓶香槟酒，有成千上万瓶吧，引诱过多少女人，读过多少本书。看起来这样的生活是浅薄的，但是这样生活的那个人绝对不是一个浅薄的人，恰恰相反。同他在一起，没有什么问题能难住他，让他无法与你一起探讨和深入地思考，更有甚者，他经常正好在那些原本我所熟悉的领域让我觉得尴尬，原本我坚信在那里我最有发言权，结果反而是他在指导和纠正我。经常我在想，他是哲学家，而我不是，他是数学家，而我不是，他是内行，而我不是。更不要说在音乐方面，几乎没有什么不让他立刻思如涌泉，不引起他立刻开始关于音乐的引人入胜的讨论。除此之外，在精神领域，尤其是整个艺术门类，他还是一个特别杰出的协调者。另一方面，他绝非那种脱离实际的高谈阔论者，更不是那种口若悬河的夸夸其谈者，这个世界似乎就是只由这两种人组成的了。他有时给我讲述他那异乎寻常的生平经历，很可能某次的讲述给我的印象特别深刻，于是有一天我向他建议，应该把这些富于哲理的讲述写下来，不要让它们随着时间的推移而流失了。我劝说了他好几年，终于促使他要着手把他的人生阅历和体会记载下来。他说，当他把一大摞稿纸买回来之后，他发现他必须离开他现在的环境，离开他那些头脑迟钝的、敌视艺术和精神的亲戚的掌控，自然也要离开维特根斯坦家有悖于精神和艺术所建造的房屋，到一个人们找不到他的地方躲藏起来去做这件事。于是他离开了特劳恩基尔兴，在一家旅馆里租了一个房间。但在首次尝试后他放弃了写作。后来，距他去世一年半，他真的雇了一位女秘书，向她口述自己那堪称奇特的一生。但他最后几年，由于手头拮据，虽然相当难以割舍，最终只好又一次放弃了尝试。后来，从这位女秘书及保尔本人那里我了解到，他曾对这位女士说，如果她答应记录保尔的口述，帮助他把他那离奇的一生经历写下来，他答应给这位女士极其丰厚的酬劳，送她一笔巨大的财富，因为保尔确信，他那回忆录虽然固陋有加，但肯定会轰动世界。不管怎样，他写了十页或者十五页。他相信他的这本书，用他自己的话说，会获巨大成功，从根本上说他的话可能没有错，这样的一本书问世，的确会受到市场的格外关注，毫无疑问这是一本所谓空前绝后的书，但他并不是一个至少一年时间可以完全离群索居的人，不是一个全力以赴不达目的绝不罢休的人。可惜他没有写完这本书，关于他的情况没有残篇断章存留下来。维特根斯坦家人脑子里装的只有大生意、大买卖，自然他们的这位叛逆者，对他的书的出版想到的也是几百万的收益。他说他大约得写三百页，找到一家出版社不是件难事。他想，我一定会为他的手稿找到合适的出版商。他的书绝对是一本充满哲理的生平回忆，他说，绝对不是废话连篇的流水账。我确实看到他经常挟着写满了字的纸，也可能他的确写下了比当时人们看到的要多，可能他在某次发病时，在其精神陷入全面自责状态时，将当时手稿的大部分销毁了，就我对他的了解，这甚至是很自然而然的事情。或者他所写下的篇章以另外的方式，即所谓在敌视艺术和哲学的氛围中丢失了，如人们常说的，被他人顺手牵羊了。否则很难想象，他至少有两年之久总是鼓捣那十几页，带着它在维也纳和特劳恩湖畔走来走去。谁能弄清楚到底实际情形是怎样的呢？在朋友圈子里他曾说，如果他恢复了最佳状态，他将是一位远胜过我的作家，他说，他虽然也钦佩我，但我的确无法与他相比，尽管我是他文学和哲学方面的榜样，他自己却早就超越了我和我的思想，许久以来他已经特立独行，将我落在后边了。他说,如果他的书出版了,那文学界将惊讶得目瞪口呆。在他晚年时,他感觉到有强烈的写作欲望在催促他,他觉得毫无疑问写诗比写散文容易,可以信手拈来,于是他写下了一些押韵的诗篇,其中的疯癫和风趣的确让人读了捧腹。他自己常常给人读他的诗,随便什么人,每次多半都是在又被送进精神病院之前不久,每每从他那古怪的诗歌中选出最长的一首来朗读,这首诗还录制了一盘磁带,诗歌将他本人还有歌德的浮士德作为中心,听他朗读的人无不觉得既特别有趣又特别震撼。我现在可以讲述许多保尔的逸事趣闻,有成百上千个以他为中心的故事,在他所在的那个所谓高雅的维也纳社交圈里,这些故事脍炙人口,众所周知,这个社交圈几个世纪以来就是靠着逸事趣闻生存的,但这不是我现在打算做的。他是一个心神不定、神经质的人,他是一个经常精神失控的人。他是一个冥思苦想的人,一个不停地作哲学思考的人,不停地进行指责的人。既然他是一位观察者,他的观察极其肆无忌惮,同时难以置信的训练有素,而且逐渐地将观察变成一种观察艺术,既然他是一位这样的观察者,那么他自然总是有充分理由去指责。没有什么他没有指责过。进入他视线的人,从未有谁不在瞬间之后就受其指责,就有嫌疑在身,就犯罪了或者至少做了错事,于是他就抨击、就批判,使用的语言与我的没有两样，每当我起来抗争，每当我与世上的无耻行径斗争也使用同样的词语，如果我不想吃亏、不想被其毁掉的话。夏天我们坐在萨赫酒店楼外露天座位上，大多数时间我们就是在这种指责中度过的。不论什么在我们眼前出现都无一幸免。我们坐在萨赫酒店前的露天座位上，数小时不停地指责，我们坐着，喝着咖啡，批判着整个世界，毫不留情地彻底批判。我们坐到萨赫酒店前的露天咖啡座里，开始发动已经走上正轨的批判机制，如保尔所说坐在歌剧院的屁股后头，因为坐在萨赫酒店露天咖啡座上向前看，正好看到歌剧院的背后。他很喜欢创造一些诸如"歌剧院的屁股"这样的称谓，他当然知道，他这里所说的屁股，不是别的什么东西的屁股，而是他在这个世界上无比热爱的、坐落在环路大街上的维也纳歌剧院的后身，在某种程度上可以说，数十年间他从这里汲取了他生存所需要的一切。我们总是几个钟点不动地方坐在萨赫酒店前的露天咖啡座上，观察着来往的行人。的确对我来说，直到今天在维也纳几乎没有什么比这更好的消遣了：夏日里坐在萨赫酒店前的露天咖啡座观看过往来去的行人。我喜欢这样做，我根本就不知道是否还有比观察行人更让人感到惬意的事情了，坐在萨赫酒店前观察他们是一种享受，如同品尝美味佳肴，保尔经常和我一起分享其中的乐趣。保尔这位男爵先生和我，我们在萨赫酒店露天咖啡座找到了一个进行观察特别有利的角落，我们从这里可以看到一切我们想看到的，反过来没有人能够看到我们。每逢我同他一起在内城行走，我都颇感惊讶，他认识那么多人，而这些人当中又有那么多确实与他沾亲带故。关于他的家庭他很少谈起，如果谈到了，也只讲他根本不想与其有什么关联，如同反过来他的家庭不想与他有任何瓜葛一样。有时他谈到出身于犹太家庭的祖母，她在位于新市场街的家里跳窗自杀了；谈起他的姑妈伊尔米娜，在纳粹统治时期，曾是所谓帝国农民领袖，她的农舍坐落在特劳恩湖畔山冈上，我曾多次在那里做客，因此认识她。如果他说到"我的兄弟"，那么他总是在说"虐待我的人"，只有当他提起住在萨尔茨堡的姐姐时，他的言辞间才充满了亲情。他总是感觉受到家庭的威胁和抛弃，他总是指责他的家庭敌视艺术和精神，到头来窒息在巨额财富之中。但归根到底是这个家庭诞生了路德维希和保尔。也是这个家庭又在对其最有利的时刻推开了他们两个人。与我的朋友保尔坐在纳塔尔我家院墙旁，我在想，保尔在这七十多年里走的是怎样一条人生道路。他与生俱来如此富有，受到如此呵护，只有一个在所谓长盛不衰的奥地利度过童年的人，才会有此福分，自然读的是贵族学校，然后在自我独立意识的引导下，走上一条违背家庭意志的道路，表面上看，恰好放弃了维特根斯坦家族的价值观，即享受优越富有和呵护备至的生活，最终为自我拯救步入追求精神的生涯。他很早，就像他叔叔数十年前所做的那样，可以说是从家里溜之乎也，放弃家庭提供的一切成就了他们的条件，也像他叔叔以前的下场一样，成为被其家庭认为是无耻之尤的人。路德维希成了无耻之尤的哲学家，保尔则是一个无耻之尤的疯癫者。并不是说，一个哲学家像路德维希那样，将他的哲学观点写下来发表，才被称为哲学家，如果他不把他任何的哲学思想写下来，不将他的任何哲学思考发表，他也同样是哲学家。通过发表只不过明朗化了，使明朗化了的思考引起众人关注，不发表就不能明朗，就不能引起众人关注。路德维希是发表他的哲学思考的人，保尔则是不发表他的哲学思考的人，如果说路德维希归根到底是天生的哲学思想的发表者，那么保尔就是天生的不发表者。但是他们俩各按照自己的方式，都是伟大的、富于个性的、持续不断令人激动不安的、具有颠覆性的思想者，不仅仅只让他们那个时代感到自豪。可惜的是，保尔的确没有像他叔叔路德维希那样，用实实在在写下来和印刷出来的文字，向我们证明他的哲学，而在我们手中和头脑中，却有他叔叔路德维希这方面的证据。但是把路德维希和保尔放在一起比较是毫无意义的。我从未与保尔谈论他的叔叔路德维希，更不用说谈论他的哲学了。只是有时保尔使我倍感突然地说：你是了解我叔叔路德维希的。仅此而已，更多的就不再说什么了。我们一次也没有谈到他叔叔的《逻辑哲学论》。只有一回保尔说，他叔叔路德维希是维特根斯坦家最疯癫者。他说，一个百万富翁却在乡村小学教书，你不觉得这是变态吗？我承认，至今我对保尔与他叔叔路德维希之间的关系一无所知。我也从未向他询问过这方面的情况。我甚至不知道他们俩是否曾见过面。我只知道，每当维特根斯坦家攻击他叔叔路德维希，嘲讽路德维希·维特根斯坦这位哲学家时，保尔就站出来保护他的叔叔。就我所知，维特根斯坦家人一辈子都因为此人而感到丢脸。他们总是认为路德维希·维特根斯坦与保尔·维特根斯坦没什么两样，都是傻瓜一个，是那些总对怪僻的事情敏感的外国人把他给捧起来的。他们颇觉好笑地摇着头说，全世界都上了他们家那个傻瓜的当，那个废物突然在英国成名人了，成了思想界的伟人，真让他们开心。维特根斯坦家人毫不客气地将他们的哲学家拒之门外，对他没有表现出丝毫的尊敬，直到今天他们都不拿正眼瞧他。像看待保尔一样，他们直到今天还把路德维希看成是一个地地道道的维特根斯坦家的叛徒。像对待保尔一样，他们也把路德维希排斥在外。如同他们在保尔在世时一直为其感到羞耻，他们直至今日还为路德维希感到羞耻。事实就是这样，即使路德维希后来相当有名了，也没有能改变他们对这位哲学家的轻蔑，他们已经对此习以为常了，这也不奇怪，归根到底，在这个国家里直到今天也没有他的地位，人们几乎都不认识他。维也纳人甚至今天仍不承认弗洛伊德，这是事实，甚至没有真正地了解他，这是事实。他们头脑太愚钝了。维特根斯坦家也是如此。"我叔叔路德维希"对保尔来说这永远是最充满敬意的称谓，但他从未敢扩展开来，从未敢说得更多，而宁可到此为止。他与在英国成名的他叔叔之间的关系，实际上我从未搞清楚过。我与保尔之间的关系，始于我们的朋友伊丽娜在布卢门施托克胡同的那间房里，自然是很麻烦的一种关系，不是一般意义上的那种友谊，不必每天每日一再努力去争取和更新，时间的推移证明这关系是最累人的：高潮和低谷紧紧地伴随着它，必须不断地用具体的实践来证明它。比如说我还记得，在我获得格里尔帕策[1]奖时保尔所起的作用。除了我的命中贵人，唯有他看穿了整个颁奖过程的荒谬，并且对其荒诞的表演给以恰如其分的诠释：一场真正的奥地利式

1　弗朗茨·格里尔帕策（Franz Grillparzer，1791—1872），19 世纪前半期奥地利著名小说家、戏剧家、诗人。

的阴险狡诈。我还记得，为了这次在科学院的颁奖，我特地购买了一身西服，因为我想，到科学院去得穿一身新的西装，我于是同我的命中贵人一起来到维也纳市中心煤市大街，在一家服装店里挑选了一套，试穿合适就穿在身上了。这套衣服是深灰色的，我想，穿着这套深灰色西装，比穿我原来的衣服更贴合我将在科学院里扮演的角色。颁奖那天早晨，我还把这次颁奖看作是一件不寻常的事情。今天是格里尔帕策逝世一百周年纪念日，恰好在格里尔帕策逝世一百周年纪念日这一天，获得格里尔帕策奖，我觉得极不寻常。奥地利人，我的同胞，迄今为止总是践踏我，现在竟然把格里尔帕策奖颁给我，我想着，我的确以为时来运转，我攀登上了高峰。很可能大清早起来，由于心情激动甚至于我的双手在颤抖，也可能我的头也在发烫。迄今为止讥讽我、蔑视我存在的奥地利人，突然颁给我他们最高的奖项，我把这看作是他们捐弃前嫌，彻底地与我和好。我不无自豪地穿着新西装从服装店走出，来到煤市大街，准备去科学院，在我一生中还从未如此兴高采烈地横穿过煤市大街和格拉本大街，从古腾堡像旁经过。我兴高采烈，但不等于说我穿着这身新西装觉着很舒服。怎么说呢，在别人的照看下，同别人在一起买衣服总是买不好，而我这回又犯了这个错误。当我与我的命中贵人和保尔一

96

起来到科学院前面时，我想，可能我穿这身西装看起来相当不错。如果撇开奖金不谈，那么颁奖活动是世界上最难以忍受的活动了，我在德国已经亲身感受到个中滋味。颁奖并非如我在首次获得文学奖以前所想象的那样会提高一个人，实际上是在贬损一个人，而且是以最羞辱人的方式。我想，只因为我每次总是考虑到它能给我带来金钱，我才忍受得住，只不过出于这个理由，我才走进各个市政厅的古老建筑，出现在各个礼堂里举行的无聊的颁奖仪式上。直到四十岁这个年纪。我一直承受着各种颁奖仪式给我带来的耻辱。直到四十岁这个年纪，我都在那些市政厅里、那些礼堂里，让人在我头上拉屎撒尿，这样说一点都不过分，颁奖是什么，就是往一个人的头上拉屎撒尿。接受一种奖项与让人在自己头上排泄粪便毫无二致。我一直感觉颁奖就是可以设想的最大的侮辱，绝不是什么提高。道理很简单。每一项奖都是由那些外行颁发的，他们想要做的就是要在你的头上拉屎撒尿，当你去接受这项奖时，他们就逮着机会了，痛痛快快地在你头上排泄一番。他们这样做也是理所当然的，谁让你低三下四地去接受什么大奖呢。只有当你处在艰难困苦之际，无法生存下去时，只有你还不满四十岁时，你才有权接受一项有奖金的奖励，或者任何一种奖励、表彰。可我不是这样。我并没有遭受艰难困

97

苦，并没有走到无法生存的境地，却接受了各种各样的奖项，于是我把自己给毁了，把自己弄得成了卑鄙无耻之徒，成了让人讨厌的家伙。在前往接受格里尔帕策奖的路上我想，这一回颁奖不同以往，这项大奖与金钱没有任何关系。我走在去科学院的路上想，科学院可不是一般机构，科学院颁的奖是有分量的。在我们仨，我的命中贵人、我的朋友保尔和我到达科学院时，我还在想，这项大奖与以往的奖项相比就是不一样，因为它以格里尔帕策命名，因为它是科学院颁发的。在前往科学院的路上我的确在设想，也许在科学院大门前我就会受到理所应该的接待，受到我所想象的那种必要的尊敬。但是我错了，根本就没有人接待我。我和与我一起来的人，我们在科学院前厅足足等了一刻钟，根本没有人认出我们来，更谈不上有人来迎接我了，我和跟我一起来的人不断四处张望，没有任何人搭理我。这时候，来参加颁奖仪式的观众已涌进礼堂就座，我想，我和我的人也像其他人一样走进去吧，不要再在这儿傻等了。我心里想，礼堂中间还有一些座位是空的，干脆坐到那儿得了。于是我和我的人就在礼堂中间的座位上坐下了。这时礼堂已经座无虚席，前来参加仪式的部长女士也在讲台下面的第一排中间就座了。交响乐队已经在紧张地调试乐器，科学院院长姓洪格尔，在主席台上不安地来回踱步，除了我和我的人，没有人知道为什么颁奖仪式还不开始。一些院士在台上急得团团转，翘首企盼颁奖活动的中心人物出现。部长女士也转头朝大厅四周打量。忽然主席台上一位先生发现了坐在大厅中间的我，转身朝院长耳语了什么，然后离开主席台朝我走来。穿过坐满人的长排从边上走到中间来不大容易。已经坐下的人必须站起身来，这些人很不情愿这样做，我看到他们纷纷向我投来气恼的目光。我想我这坐到大厅中间的主意是够阴险的，朝我走过来的先生，自然是一位院士了，很费了一番力气才来到了我面前。显然，我想，这里除了这位先生没有人认出我来。现在，这位先生来到了我面前，他们大家都把目光对准了我，好狠毒的目光，要惩罚我、穿透我。我想，一个学术机构颁奖给我，竟然根本不认识我，就因为我没有主动自报家门，便立刻用惩罚和洞穿的目光袭击你，这样的机构你再阴险地对待它也不为过。最终这位先生提醒我注意，说我的座位不是在我现在坐的这儿，而是在第一排部长女士旁边，我应该乖乖地去那里，坐到部长女士身旁。我没有服从这位先生，他说话的语调的确太傲慢无礼，令人厌恶，那盛气凌人的自信伤害了我的自尊心，我断然拒绝了他的要求，没有跟他离开这里到主席台上。我说，洪格尔先生他应该亲自来。不是任何什么人都可以要求我上主席台，让我上主席台得科学院院长本人亲自来。说到底我更有兴趣马上站起来，不是去领奖，而是与我的人一起离开科学院，但我坐着没有动。我自己把自己关在了笼子里。我自己把科学院变成了这个笼子。没有出路。最后科学院院长来到我面前，我与他走到讲台前坐到了部长女士的身边。就在我坐到部长女士身边那一刻，我的朋友保尔控制不住自己，突然大笑起来，这笑声震撼着大厅，持续良久，直到室内交响乐队开始演奏。然后颁奖仪式开始，几位发言讲的都是针对格里尔帕策，关于我也讲了几句话，总而言之讲话还是持续了一个钟点，像通常在这种场合一样，总是讲得太多，自然都是废话。在这些发言进行中，部长女士睡着了，我在她身边听得很清楚她在打呼噜，直到室内交响乐队重又开始演奏她才醒过来。仪式结束时，主席台上挤满了人，他们围着部长女士和院长洪格尔。没有人再理睬我。由于我和我的人还没有马上离开礼堂，我还刚好听见部长女士突然高声道：那个瘸脚作家在哪儿？听到这话我真是忍无可忍了，尽可能快地离开了科学院。没有奖金不说，而且还糟蹋你，这也太过分了。我快步走着，尽量拉着我的命中贵人和我的朋友跟着我走，来到大街上还听到保尔在跟我说：你让人利用！人家在糟蹋你！我想，的确他们在糟蹋你。他们今天又一次往你头上拉屎

100

撒尿，他们一向总是这样干。我想，是你让他们这样做的，而且还是在维也纳科学院。我们离开这里去了萨赫酒店餐厅，要了水煮牛臀尖[1]，为的是与我的人在一起好好消解一下心中的恼怒，这叫什么颁奖，分明是给你添堵。这之前我还去了煤市大街那家服装店，去科学院参加颁奖仪式前，我在那里买的西装。在店里，我觍着脸强调这套西装我穿着太瘦，要换一套。我的态度如此强硬，以至于售货员立刻顺从地让我重新挑选。我自己从货架上取下两三套服装，试穿后决定要我穿在身上觉得最舒服的那套。我得到了它，稍微加了点钱，当我又来到了大街上时，我想，不久会有另外一个人，穿上我在科学院颁发格里尔帕策奖仪式上穿的那套服装，走在维也纳大街上，想到这种情景我很开心。还有一回，也是去领奖，保尔同样鲜明地显示了他那与众不同的性格：那是距颁发格里尔帕策奖很久之前的事情，我获得了国家文学奖，当时报纸报道说，这次颁奖最终以一场丑闻而告结束。颁奖典礼在政府接待大厅里举行，那位向我致所谓贺词的部长，讲的尽是些不着调的话，是他的一位主管文学的官员为他写的稿子，他在台上照本宣科，比如，说我写过一本关于南太平洋的书，当然是胡说八道

1　水煮牛臀尖（Tafelspitz），奥地利名菜之一，维也纳有专门餐馆精选牛后臀尖肉切厚片煮熟，吃时配以各种调料，其价位和影响在某种意义上类似于北京烤鸭。

了，我什么时候写过这样的书。这还不算，那位部长还改了我的国籍，在讲话里竟说我是荷兰人，我从来都是奥地利人。他在讲话中还说我是专门写历险小说的，实际上我对这种题材一无所知。他还多次说我是外国人，做客奥地利，等等。对那位部长从讲稿上往下念的这些胡诌八扯，我一点都不感到惊奇，我知道得很清楚，这位来自施泰尔马克的老兄，在当上部长以前，在格拉茨任主管农业的秘书，主要负责牲畜饲养，闹出这样的笑话其实并非他的责任，但这位部长与所有其他部长一样的那副蠢相，让人恶心，但我并不为此感到气恼，我听之任之没有干预。然后轮到我致所谓答谢词，表示我对获奖的感谢，我在颁奖前匆忙地、很不情愿地在一张纸上写下了几句话，可能稍微带一点哲理性，其实我只是说人是可怜的，注定要死亡的，我的讲话总共没有超过三分钟，这时那位部长便怒不可遏地从他的座位上跳了起来，朝我挥着拳头，他其实根本没有听懂我的话。他气急败坏地当着众人的面骂我是条狗，当即离开大厅，在身后把玻璃门重重地摔回去，致使门玻璃"砰"的一声变成了一堆碎片。所有在场的人都跳了起来，惊讶地望着那位离去的部长。一霎时大厅里，像人们常说的那样，鸦雀无声。随后发生了让人匪夷所思的一幕：那一伙我称为投机之徒的人，紧跟着扬长而去的部长走出大厅，离开之前也都向我示威，不仅谩骂而且挥着拳头，我清楚地记得艺术委员会主席亨茨先生朝我挥动拳头的样子，也清楚记得，人们在这一刻对我表示的一切其他形式的敬意。整个参加仪式的那帮人，几百位吃政府俸禄的艺术家们，尤其是作家，即所谓我的同行，以及其随从，都匆忙跟着那位部长走了，恕我这里不一一点他们的大名了，我没有兴趣因为这可笑的一幕同他们对簿公堂，但是这些人的确都是知名度最高、最有声望的人，他们通过被部长摔破玻璃的门，跟着他急速离开礼堂，冲下楼梯，将我与我的命中贵人扔在大厅里弃之不顾，仿佛我是一个让人唯恐避之不及的麻风病人。除了保尔，没有人留下来跟我和我的命中贵人在一起，所有其他人都从为他们准备的自助餐台旁疾速走过，尾随那位部长下楼去了。他是唯一的一位留在了我和我的终生伴友的身边，对刚才的一幕感到惊讶，同时也感到很有兴味。过了一会儿，还有几个人，先也是跟着其他人走掉了，这会儿觉得没有大碍了，便又大着胆子悄悄溜回大厅，这一小撮人商量了一下接下来做什么，然后便动手吃喝起来，以此来消化掉这场闹剧。几年之后，我和保尔还逐一谈论过，那些当时对国家和部长奴颜婢膝的家伙，如何跟着那位来自施泰尔马克的弱智部长离开大厅，而且我们知道他们每个人所以这样做的理由。

103

第二天，奥地利的所有报纸都指名道姓地说，抹黑家国的伯恩哈德如何粗暴地对待部长，而实际上刚好相反，是皮夫勒－佩尔舍维奇部长粗暴地对待了作家伯恩哈德。但是在国外，人家不依赖奥地利政府部委，不对其错综复杂的资助审理抱有什么希望，对这一事件的评论则实事求是。我的朋友保尔当时对我说，接受一项奖励本来就是变态，接受国家奖励则更是变态行为。到布卢门施托克胡同探访我们那位富有音乐才华的女友伊丽娜，已经成为我们最喜欢做的事情，可是有一天我们获悉她搬到乡下去了，而且还是位于最偏远的下奥地利州的山窝窝里，那地方甚至连火车也不通，只能开汽车去，要开两个小时，她这一搬家对于我们简直是一场灾难。我真是弄不懂，惯于大城市生活的伊丽娜到乡下去干什么。这位年复一年，每天晚上不是听音乐会、听歌剧，就是看话剧演出的女士，忽然之间就到乡下租农民的平房住，令我和保尔十分惊诧的是，我们确信，这平房的一半曾是作猪圈用的，这房子不仅漏雨而且因为没有地下室，四面墙一直到房顶都潮乎乎的。瞧这两位，伊丽娜和她那位多年以来为维也纳报刊撰写评论的音乐理论家，现在忽然在这里靠着一只美式铸铁炉子坐着，吃着自己烤的所谓农民面包，穿着老式的业已磨损了的衣衫，交口称赞着乡村，批判着城市，而我因室内刺鼻的猪圈气味不得不捏着鼻子。这位音乐理论家不再写关于韦伯恩和贝尔格的文章了，不再写关于豪尔和施托克豪森[1]的评论了，而是在房前砍木头，或者从堵塞的厕所里往外抽吸粪污。伊丽娜也不再谈论什么第六号或者第七号音乐作品了，现在她只讲如何亲手制作熏肉，把肉挂到烟道里，不再谈论什么克伦佩雷尔和施瓦茨科普夫[2]了，而是说邻居的拖拉机，它的响声，加之鸟的叽叽喳喳，早晨五点钟就把她吵醒了。起初我们还以为，伊丽娜和她的那位音乐理论家丈夫不久便会从着迷农村重新转回到音乐中去，但是我们错了。没有过多久音乐便从他们的谈话中完全消失，仿佛它原本就不存在。我们开车到她那里，她就用自己烤的面包和她自己烧的汤菜来招待我们，还有自己种的萝卜和土豆，于是我们心里生出一种受骗上当的感觉，觉得受到了愚弄。在不长的几个月时间里，这个伊丽娜就由一个地道的大都市人，从一个激情洋溢的维也纳人，变成了往烟道里挂熏肉、自己种植蔬菜的下奥地利乡巴佬，用我们的

1 约瑟夫·马蒂亚斯·豪尔（Josef Matthias Hauer，1883—1959），奥地利作曲家、音乐理论家，代表作品有《诺默斯》《流浪者》《萨朗波》等，与哲学家埃布纳合作撰写理论著作《论音色》。卡尔海因茨·施托克豪森（Karlheinz Stockhausen，1928—2007），德国作曲家，电子音乐先锋，代表作品有《对位》《群》《七天》等。

2 伊丽莎白·施瓦茨科普夫（Elisabeth Schwarzkopf，1915—2006），德籍英裔女高音歌唱家。1942 年，她在维也纳国家歌剧院演唱歌剧《阿里阿德涅在纳克索斯》中的泽比内塔。

观点来看，这无异于自我降格，而且做得非常极端，怎能不让我们与她疏远呢。因此不久我们就不再去拜访她了，的确不久便与她失去了联系。不得已我们只好去寻找我们谈话和争论的新场所，但没有找到，已经再也没有像布卢门施托克胡同那样适宜的地方了。现在没有伊丽娜与我们在一起了，每逢我们坐在萨赫酒店，坐在布劳伊纳霍夫咖啡馆，或者坐在国宾饭店，虽然也能找到一个我们这种人所需要的理想角落，在那里的确可以看到一切，而我们自己却不被别人看到，在那里如果谈起话来也不会马上被干扰和打断，但是少了伊丽娜，只靠我们自己了，于是我们变得思想迟钝，无任何音乐灵感可言了。由于我们已没有兴趣去散步了，见了面我们便立刻去萨赫酒店，或者在任何一家似乎符合我们要求的咖啡馆。每逢我们在萨赫酒店坐在我们那个角落里，都会立刻找到作为谈资的对象，作为我们妄加评论的牺牲品。比如说那儿有一位，无论是国人或者外国人，在那儿吃他的蛋糕，或者是用布拉格火腿缠绕着的香辣根，一边喝着咖啡，由于这之前游览城市走得饥渴难捱，这会儿便吃得急，喝得快，一副狼吞虎咽的架势，于是我们就从他开始，抨击起在最近几十年里到处泛滥的大快朵颐、觥筹交错的胡吃海塞现象。再比如，看到一位好似为惩罚自己把身体裹在毫无品位可言的皮外套里，贪婪地吃着攒奶油的德国女人，我们就会从她开始，直接把我们的厌恶扩展到所有在维也纳的德国人身上。看到坐在窗前、身穿刺眼的黄色套头毛衣的荷兰男子，他自以为无人看到，用右手食指不停地从鼻孔里往外抠挖着硕大的鼻牛儿，这场面几乎使我们对荷兰的一切嗤之以鼻，似乎这个国家忽然成了我们一辈子憎恨的对象。如果眼前没有我们的熟人，那只好拿这些陌生人来充当我们抨击的靶子，但是一旦出现一个我们熟悉的人，我们就会把恰好适合被观察者的一些思想与其联系在一起，绝对可以数小时供我们谈论，让我们乐此不疲，就是说，我们把这些思想再稍微调理一下，提升到一定的高度，利用它来排遣困扰我们的无聊，利用它作为基础和出发点，达到完全另一种境界，对此我们不妨大胆地想象它就是一种哲学境界。常常有这样的情况，完完全全一个普通人，他在喝着咖啡，却让我们通过观察他谈到了叔本华；或者一位带着她娇生惯养的小孙子的女士，坐在大公爵画像下面吃着大块的果馅卷，让我们，比如说，想到普拉多博物馆 [1] 委拉斯开兹画的宫廷丑角，将其作为中心话题很可能谈上几个小时。一把掉在地上的雨伞，谁也想不到不仅能让我们谈起了张伯

---

1 普拉多博物馆（Museo del Prado），位于西班牙马德里的博物馆，1819年对公众开放，馆藏以绘画和雕塑为主。

伦，而且也可以马上谈论起罗斯福总统；外边牵着小狮子狗经过这里的一个人，可以让我们谈论起印度君王极其昂贵的生活方式，等等。如果我住在乡下，感受不到任何启迪，我的思想就要枯竭了，因为我的整个大脑萎缩了，住在大城市里就不会经历这种灾难。如保尔所说，离开大城市的人们，想要在农村保持他们大脑原来的水平，他们的大脑就必须拥有巨大的潜力，也就是说要有无比巨大的资源储备，尽管如此他们迟早也会变得停滞不前，甚至衰退，常常当他们发现了这种衰退，想阻止它，但为时已晚，他们不可救药地萎缩了，任你采取什么措施来阻止也无济于事。因此在这些与保尔保持着友好情谊的年代里，我总是至少每隔两周就到维也纳去，至少每隔两周再回到乡下去，久而久之已经习惯了在城市和乡村之间交替逗留，它成为我生活中必不可少的节奏。头脑在维也纳填充的速度与在乡村变空的速度一样快，实际上后者更快些，因为对头脑及其利益来说，乡村无论如何都可能比城市更残酷，就是说比大城市。对于注重精神世界的人来说，乡村夺取他的一切而（几乎）不给予，大城市则持续不断地给予，只要睁着眼睛去看，自然而然地去感觉。但极少数人即便看到了，也感觉不到，所以就不招人待见地伤感，就去了乡村，在那里他们很快就无一例外地在精神上被掏空、被榨干，直至最终被毁掉。在乡村精神绝对不可能发展，只有在大城市才能得到发展，但是今天他们大家都走出城市去了乡村，为什么呢？说到底他们太沉溺于舒适之中了，无法适应大城市对人的头脑那种极度的需求，事实就是如此，他们宁可在乡村的自然环境中萎缩掉，去多愁善感地欣赏自然，其实他们脑笨眼拙，并不能真正认识自然，也不去积极利用大城市的巨大优越性，尤其是今天的大城市，继往开来、与时俱进，其优越性在奇迹般扩大和增长，他们不去积极利用，也许他们根本就没有这个能力。我了解那死寂的乡村，只要可能我总是不顾一切地逃离它，只求能生活在大城市里，不管它叫什么名字，也不论它多么丑陋，这些归根到底都无所谓，对我来说大城市总归还是要比乡村优越上百倍。我总是诅咒我那生病的肺叶，就是这个病，使我无法总生活在适合于我的大城市里，但是一再没完没了地为事实上无法改变的事情去伤脑筋，是毫无意义的，许多年以来它已经不再是、对于我来说也没有必要再是谈论的话题了。我想，我的朋友保尔多值得我羡慕呀，他一向肺部健康，不必因为要活命非到乡下去不可。他可以生活在大城市里，这是何等的美事呀，真让我嫉妒，如果我想继续活着，我就不能长期生活在大城市里。虽然多年以来保尔就不再饮酒了，但他在维也纳夜晚最喜欢去的地方，哪怕是他生前最后一年，仍然是伊甸园酒吧，在他的艾迪特去世后，他自然更加无法忍受一个人待在家里。现在我恍然大悟，我与他有几百次一起坐在咖啡馆里，我也曾到过他住的那栋楼，但他从未邀请我去他住的单元房。这房子其实只有一个比较大的房间，厨房和卫生间在相邻的一间小屋里。在他去世前的几个月他才带我去了他住的地方，他上楼很吃力，我得说明一下，我自己上起楼来可能比他更困难，数十年来我就几乎不能爬楼梯了，走上三四个梯级就气喘吁吁了。当时电梯坏了，楼梯间漆黑一团，我们俩都摸索着前行，相互鼓励着往上走。当我们走进他的住处时，他说，这单元房本身不值一提，但它的位置是最好的，处于市中心，他图的就是它的位置（用他的话说，中心得没法再中心了！），另外他刚好买得起这处单元房，他说，面积再大一些他也买不起。但是，他说，这处房子让艾迪特很不高兴，他边说边指着半开着的通向厨房和卫生间的那扇门。在其后面堆着很多待洗的衣物和餐具，还有好大一堆没有吃掉的、已经不能再享用的各种各样的食品。我想，这是这位失败者最后的窝。我们俩先坐到用墨绿色天鹅绒做面料的沙发上喘口气歇息一下，然后我们要想一想，除了刚才关于狭小、脏乱、阴暗和理想位置的尴尬议论，还能谈点别的什么。他说，这个沙发在他的孩童时代

110

就有了，是他父母家里的摆设，是他最喜欢的一件家具。今天我已经记不得我们俩坐在沙发上都说了些什么，坐了没多久我就起身告辞，把绝望地坐在墨绿色沙发上的朋友一个人扔在那里。我想，我忽然无法忍受我这位朋友了，这想法纠缠着我不放，我不停地想，我已经不再是跟一个活人坐在一起，这个人早就死了，我是跟一个死人坐在一起，于是我离开了他。当我还没有走出他家时，他就把双手夹在两膝中间哭起来了，因为他忽然清楚地看到，生命的尽头到了，但我不想转身回去，我尽可能急速地走下楼梯来到外边。我匆匆穿过皇家马厩胡同和多罗特胡同，然后经过斯特凡广场来到沃尔蔡勒大街上，在这里我才放缓了脚步。在被称为"城市公园"的公园里，我坐到一张长靠背椅上，试图按照大脑规定的节奏来调节我的呼吸，使我从所处的可怕状况中解脱出来，我当时随时都感到会窒息。我坐在城市公园的长椅上想着，这可能是与我朋友最后一次见面了。他的身体虚弱到了如此程度，看不到还有什么生命的火花，因为他根本就不再想活了，我相信他坚持不了多久，也就是这几天的事。这个人现在突然变得如此孤独，让我心里震惊。偏偏这么一个与生俱来喜欢社交的人，在社交圈子里长大、成熟和变老的人，现在却成了孤家寡人。想想我是怎么与他走到一起来的，我的真正的朋友，是他让我的生活发生了改变，虽然我生活得并非不幸和痛苦，但大多数时间里的确很艰涩和苦恼，是他影响了我，使我经常生活得很幸福。他使我了解了很多我感到完全陌生的事物，给我指示了以前我并不知道的道路，为我打开了原本对我紧闭的大门，让我这样一个很可能在乡村纳塔尔这个地方颓废、潦倒下去的人，重新找到了自己，在关键的时刻挽救了我。的确，在我认识我的朋友保尔之前的许多年，如果说不是处在一种必须与意志消沉作抗争的阶段，也是陷入了一种深度的病态抑郁，当时我认为我这个人完了，许多年没做成什么有意义的事情了，多数情况下都是在冷漠地、索然无味地打发着日子。当时，我经常十分悲观，几乎想要亲手结束自己的生命。许多年里我完全逃避到关于自杀的冥想中，这可怕的念头扼杀了我的精神，让我无法忍受一切，与我那毫无意义的日常生活相比，最无法忍受的还是我自己，我所以堕入失去意义的茫然之中，可能是因为我身上普遍存在着的软弱，尤其是我那软弱的性格。许久以来，我都不愿意去想象是否还能活下去，更不要说怎么个活法了，我不再怀有某种生活目标，不再可能以此来掌控自己，每逢清晨醒来，总是不由自主地受制于这种自杀的念头，头脑总是为自杀的想法所缠绕，一整天都无法解脱出来。当时因为我离开了大家，也为大家所抛弃，事实就是这样，我对他们不再感兴趣，我对任何什么都没有兴趣了，但我这个人太胆怯，不能以自杀来结果自己。我当时很可能处在绝望的顶点，我这样说来并不感到羞愧，我不打算再欺骗自己，不打算美化什么，没有什么可以美化的了，在这个社会和这个世界上，不停顿地进行着的是什么，是美化一切，而且是以最令人厌恶的方式，也许就是在我处于绝望的顶点时，保尔出现了，在布卢门施托克胡同我们共同的朋友伊丽娜那里我认识了他。当时对我来说他全然是另外一种人，一种新人，加之他的姓又是几十年来我心中唯一充满敬佩的姓氏，所以我立即感觉到这个人是我的救星。坐在城市公园长椅上，这一切又出现在我脑海里，激动的心情难以克制，对此我并不感到羞愧，还有那些激昂慷慨的词语，这会儿都让我强行拿了过来，平常我是从来不喜欢使用它们的，现在我觉得这样做特别受用，我一点都不想削弱它们，降低它们的程度。我让所有这些词语，像令人精神清爽的雨水一样落到我的身上。今天我想，那些在我们一生中对我们确实有意义的人，我们可以扳着一只手的手指来点数，经常这只手甚至会嘲笑我们脑子进了水，因为我们竟然以为必须用整只手的全部手指来点数，实际上，如果我们老实承认的话，也许一个手指也不用就知道多少了。我们知道，我们越是年纪大了，越是每天都要更巧妙地运用一切可能和不可能的手段，这让我们的头脑不堪重负，因为我们的头脑不琢磨这些病态的特别招数，也已经累得几乎超越了它可以忍耐的限度，但是，我们仍然坚持这样做，必须如此这般才能使我们的境况尚可忍受，在这种境况中，考虑到我们时常还必须放弃一些人，最终我们的确有时只有三四个人，从长远来看，我们不只是稍微，而是大大地受益于他们，是的，生存的关键时刻和关键阶段，他们对于我们简直就意味着一切，他们的的确确就是一切，尽管我们不可以忘记，这少数的几个人那时诚然已经故去，就是说他们早已离开人世。为什么对我们如此重要的这些人不是那些还活着的人呢？因为根据我们的亲身痛苦的经验，今天还活着的人，他们与我们同时生活在这个世界上，很可能甚至于就走在我们身旁，如果我们不想冒险，不想去犯根本性的错误，让自己陷入尴尬可笑的境地，首先不想在自己面前出丑，那么就不能将他们纳入我们的考察和评判之中。说到哲学家路德维希·维特根斯坦的侄子保尔，毫无疑问与他相处我没有这种担心，与此相反，许多年以来，直至他去世，种种共同的爱好和同病相怜，以及由此产生并不断发展的思想观点，将我与他联系在一起，他恰好是那些人中间的一个，他们在所有这些岁月里对我满怀善意，无论如何一直都在最有效地帮助我，就是说根据我的天赋、能力和需要帮助我，改善了我的生存状况，经常使我逢凶化吉，至今还能活在这个世上。在他去世两年后的今天，坐在一月寒冷、空荡的家中，我非常清楚地意识到了这个毋庸置疑的事实。我心里想，既然现在活着的人中，没有谁能帮我了，那么至少，我想，和死去的人一道来抵御一月里的寒冷和空虚吧，我觉得在这些日子里，在此时此刻，在这些死去的人中，没有谁像我的朋友保尔那样与我如此关系密切。我所以强调"我的"这个物主代词，是因为我做的这些笔记不为别的，就是要把我头脑中我朋友保尔·维特根斯坦的形象记录下来，写到纸上。随着时间的推移，我们俩在我们身上和头脑中，发现如此多的共同之处，同时又有如此多的差异，正因为如此，在我们于布卢门施托克胡同相识之后不久，我们之间就建立了友谊，同时我们的友谊也伴随着困难，先是比较大的，然后自然是最大的，最后这困难甚至达到了极端的程度，在直到他去世的这些年里，我的心的确充满了这种友谊，接受着它的引导，有意识或无意识地，总是自然而然地，绝不矫揉造作，如我现在所领悟的：真挚的情谊滋润着和指引着我的心，这友谊不是随随便便被发现，然后它就轻而易举地存在于我们之间了，而是在这整个时间里，为了能保持住它，让它能适

115

合于我们，有利于我们，为我们带来裨益，我们必须去加工和培育它，其过程极其艰难，同时要不断地极其谨慎地呵护它，因为这种友谊很容易受到伤害。我坐在城市公园的长椅上想，我的朋友保尔总是说，他到萨赫酒店来是因为这里的座位舒适，但首先是因为那里墙上挂的油画画得比较好，所以他喜欢到萨赫酒店咖啡厅，坐在两间厅堂的右边那个厅堂里喝咖啡，而我自然首选左边那个厅堂，那里随时都有外国报纸供给顾客阅读，尤其是英文和法文报纸，同时那里的空气也比较好，每逢我到维也纳，在这些年里我大部分时间是在这里度过的，如果我们来萨赫咖啡厅，我们俩都喜欢到这里，我们就交替着这一回到左面厅，下一回去右面厅，萨赫咖啡厅的确是我们谈古论今的理想之地，没有哪里比这里更合适了。所以我们相约来这里是不言而喻的事了，或者由于某种原因不可能在萨赫咖啡厅了，那么就去附近的国宾饭店。我初次到萨赫咖啡厅大约距今天已三十年了，那时我几乎天天与朋友们一起，围绕着那位天才的、同时也是疯癫的作曲家兰佩斯贝格坐在这里，当时正值我的大学时代行将结束之时，也是我最困难的时期，即1957年前后，这些朋友们带我见识了维也纳咖啡馆中首屈一指的这一家，领略了它与众不同的品位，今天我得说，他们没有带我去那些典型的所谓文学家咖啡馆，文学家一向总是令我厌恶，而是带我来这家所谓其牺牲品喜欢来的咖啡馆，这是我的幸运。在萨赫咖啡厅我能读到所有我在二十二三岁时需要读的报纸，可以随时找到它们，然后在左面厅的某一个舒适的角落里，不受干扰地研读上几个小时。是的，今天我仍能想起当时的情景，我整个上午坐在那里，读着《世界报》或者《泰晤士报》，没有片刻让人干扰中断过，据我的回忆，在萨赫确实从未出现过这种情况。在文学家咖啡馆里则不然，想一个上午完全不受干扰地一心一意地读报纸，是绝对不可能的，甚至于还不到半个钟点，你就被打扰了，一位作家进来了，还有跟随他的一伙人，我总是打心里厌恶他们，因为他们总是粗暴地干扰你，阻碍你去做你要做的重要事情，让你根本就不能，或者从未按照你的意愿去做。文学家咖啡馆里空气污浊，令人神志不清，扼杀人的精神，在那里我从未获得什么新的东西，相反，总是使我头脑迷惑，让我烦恼，让我无端地感到沮丧。在萨赫咖啡厅我从未被打扰，从未被搞得心烦意乱，从未感到沮丧，在萨赫我甚至于常常能够心安神定地写作。在布劳伊纳霍夫咖啡馆，在我认识我的朋友保尔之前，他已经在这家咖啡馆上面的单元房里住了几十年，这家咖啡馆里的空气不好，至今我待在里边仍感到不舒服，还有那降到最低限度的照明灯光，可能是出于某些有悖常理的节俭措

117

施吧，在这样的灯光下看书看报很吃力，从来不可能看完哪怕是一行字而不感觉累的，这里的座位我也不喜欢，虽然说只是短时间坐在上面，也势必对脊柱造成极大的伤害，让人更难受的是布劳伊纳霍夫咖啡馆里刺鼻的厨房味道，哪怕是只在里边待一会儿，那味道也会牢牢地渗透到你的衣服里，很久都不散去。尽管布劳伊纳霍夫咖啡馆也有无与伦比的优越性，但仍不足以满足我的十分个性化的需求。说到它的优越性，比方说这里服务员的服务没得说，十分殷勤周到，还有咖啡馆老板那堪称典范的谦恭和不卑不亢。但是这家咖啡馆整天都笼罩在朦胧的光线里，这对那些处在热恋中的年轻人和上年纪的病人，不消说是非常有利，可对于像我这样一个专门研读书本和报纸的人，一个视每天上午的读书看报重于一切的人，却是难以忍受的。在我的精神生活中，我主要集中精力读英国和法国的报纸和书籍，阅读生涯伊始就对德文报刊书籍无法忍受。我总是这么说，今天还是这么说，《法兰克福汇报》怎么能与《泰晤士报》比呢，《南德意志报》又怎能与《世界报》相提并论！德国人就是德国人，不是英国人，自然更不是法国人。我很看重能阅读英文和法文书籍报刊这个长处，这是自早期青年时代以来，我所拥有的最大的长处。我总是一再想，如果我的精神世界只依赖德国报纸，那会是怎样的状况呢，德国报纸总的来说净是低劣、糟糕的货色，更不要说奥地利报纸了，根本算不上什么报纸，只不过是每天发行几百万份别无他用的擦屁股纸而已。在布劳伊纳霍夫咖啡馆里，抽烟者喷出的烟雾、厨房散发的油烟和气味，以及维也纳那些没受过完整教育的人，那些半瓶子醋，或者只有一星半点知识的人的胡说八道，立刻会让你的思想感到窒息。他们在将近中午的时候，聚集在这里发泄他们狂热的社交欲望。在布劳伊纳霍夫咖啡馆里，人们说话嗓门太大或者太小，服务员动作太慢或者太快，尽管你觉得怎么都不受用，但也许归根到底正是这一点，让我敢于每天到这里来接受它的服务，维也纳咖啡馆的情形，正如前几年迅速兴旺时尚起来而这几年以同样速度变得不景气的哈维卡咖啡馆一样。我一向总是憎恨那些闻名世界的、典型的维也纳咖啡馆，因为那里的一切都与我作对。可另一方面，几十年来，恰恰在布劳伊纳霍夫咖啡馆，在这家（如同哈维卡咖啡馆一样）总与我作对的咖啡馆里，我却感到好像是在家里，还有诸如博物馆咖啡馆，以及其他维也纳的咖啡馆，都是我逗留在维也纳的日子里经常光顾的地方。我总是憎恨维也纳咖啡馆，却又总是到那里去，天天如此。尽管我总是憎恨维也纳咖啡馆，或者说正因为我总是憎恨它，但在维也纳我却总是患着咖啡馆依赖症，它给我的痛苦与患其他疾病相比有过之而无不及。老实说，直到今天我仍然受这个病的折磨，事实证明，这个咖啡馆依赖症是我所有疾病中最不可救药的。我总是憎恨维也纳咖啡馆，因为我在这些咖啡馆里边，总是跟与我同类的人交流和争论，这是事实，这无异于在与自己争论，但我不想无休止地跟自己争论，更不要说在咖啡馆里这样做了，我走进咖啡馆究竟是为了什么，为了摆脱自己，可是正是在这里我与自己、与跟我一样的人交流和争执。我连自己都忍受不了，更不要说去忍受一帮与我一样的、心里老琢磨事和摇动笔杆写作的人了。只要可能，我尽量回避文学，因为我只要有可能就尽量回避我自己，因此我禁止自己在维也纳到咖啡馆去，或者至少总是在警告自己，每逢在维也纳，无论在何种情况下，绝对不走进所谓维也纳文学家咖啡馆。但是我染上了咖啡馆依赖症，我不得不一再走进文学家咖啡馆，不管我心里怎样在反抗这样做。我越是强烈地憎恨维也纳文学家咖啡馆，我越是频繁地出入文学家咖啡馆。事实就是这样。假如我没有认识保尔·维特根斯坦，谁知道事情会发展到什么地步，当时我正如处于危机的顶点，如果没有他，很可能我就立刻一头扎到文学家圈子里了，这是所有社交圈中最令人憎恶的圈子，进入这里就进入了精神沼泽之中，可是当时，我处于危机的顶点，在那种情况下，放松自己，让自己变得卑劣和顺从，自暴自弃地与那些文学家为伍，肯定无疑是最简单易行的了。是保尔他警告了我，他也一向憎恨文学家咖啡馆。于是我便有充足的理由立即停止去所谓文学家咖啡馆，某种程度上也可以说是自我救赎吧，就和他一起去萨赫咖啡厅，去国宾饭店咖啡馆，不再去哈维卡等咖啡馆了，直至我又可以允许自己去文学家咖啡馆了，就是说，直到那些作家对我自己不再具有那种致命的影响了。文学家咖啡馆对作家有着致命的影响，这是事实。另一方面，也是事实，直到今天，我在维也纳咖啡馆里，比在纳塔尔我的家里更觉得是在家里，总之，在维也纳比在上奥地利州更有家的感觉，十六年前我安家在上奥地利，是作为医治我所患疾病的一种方案，根本就没有考虑在什么时候真的将这里作为我的故乡，所以如此，可能有一个相当重要的理由，即从一开始在纳塔尔我就将自己孤立起来，也没有采取什么措施去改变这种状况，反而有意无意地促使这种孤立走向非常绝望的程度。我始终是一个城市人，一个大城市人，我一生最初的那段时间是在一座大城市里度过的，在欧洲最大的港口城市，在鹿特丹，这个经历在我的生活中不断起着重要作用，每逢我在维也纳的时候，我就会感到轻松，这是有其渊源的。反过来，我在维也纳住上几天后，就得离开那儿，逃到纳塔尔去，如果我不想在污浊的维也纳的空气中窒息的话。于是我在最近这几年里形成了习惯，最多在维也纳住上两周就得离开这里到纳塔尔去，反过来也是如此，在纳塔尔住上两周就得离开它去维也纳，形成了一种两周一交替的节奏，我每两周就逃离纳塔尔到维也纳，然后又从维也纳逃到纳塔尔，为了能够生存下来，我变成了频繁地在维也纳和纳塔尔之间往返的人，坚持这样做绝非易事，要下极大的决心，有了这个节奏我才得以生存。到纳塔尔来，是为了摆脱纷乱的维也纳而使自己平静下来，反过来到维也纳，是为了摆脱纳塔尔的冷清。我的这种不安分的个性是我的外祖父遗传给我的，他一辈子都生活在这种伤神耗力的不安中，最后也是死在了这上面。可以说我所有的前辈都痴迷于这样一种不安分，为其所累，不能长时间待在一个地方、坐在一张沙发椅上，这让他们无法忍受。在维也纳待上三天我就无法再待下去了，在纳塔尔住上三天我就心神不定非离开不可。我的朋友保尔在他生命最后的几年里，也加入我这种不断往返折腾的生活节奏中来，常常随我一起到纳塔尔，又从那儿返回，或者与我一起到维也纳，然后再返回纳塔尔。到达纳塔尔之后我会问自己，我为什么到这里来，到了维也纳我又会问自己，我到这里来干什么。与百分之九十的人一样，归根到底我总是要到那个我不在的地方，总是要到那个我正要从那儿逃离的地方。这种无法摆脱的厄运在最近几年里毫无改善的迹象，甚至于愈演愈烈，不仅从纳塔尔到维也纳的往返间隔越来越短，而且从纳塔尔还去了其他大城市，去威尼斯，或者罗马，又从那里返回，再去布拉格，又从那里返回。事实是，我只有坐在汽车里，行驶在我刚刚离开的地方和我正要去的地方中间我才是幸福的，只有坐在汽车里行驶在路上才是幸福的，我是人们可以想象得到的最不幸的到达者，不论在哪里，我到达了，我也就不幸了。我属于那样一类人，从根本上说他们不能忍受世界上任何一个地方，只有在他们需要离开和正在要去的地方之间，他们才是幸福的。几年前，我还曾以为，这样一种病态的、无法摆脱的行为，不久势必会让我发疯，但是它没有让我完全发疯，它实际上保护了我，让我没有患上我一辈子都特别害怕的精神疯癫。我的朋友保尔和我一样，也患有同样的病，他也在数年甚至数十年里老是从一个地方到另一个地方，只为了再从那里离开去一个新的地方，没有哪一次到达能使他感到幸福；他也从未因到达某地而感到心满意足，我们俩经常谈论这个话题。在他前半生他总是往返于巴黎和维也纳之间，还有马德里和维也纳之间，伦敦和维也纳之间，这与他的出身和他拥有的可能性相适应，可以设想，我虽然与

123

他一样也患有这种病态的痴迷，但我的活动范围小多了，也就是从纳塔尔到维也纳，或者反过来从维也纳到纳塔尔，从威尼斯到维也纳，不过也有从罗马到维也纳的情况，等等。我是最幸福的旅行者、乘车行进者、活动者、启程动身者，我是最不幸的到达者。自然这早已成为一种疾病。还有一种痴迷，同样应归类于一种病症，也是我们俩共同患有的：所谓数数儿强迫症，布鲁克纳[1]特别在其生命最后几年里也患此症。比如说，几周或几个月之久，每逢我乘有轨电车进城，就不由自主地朝车窗外看，去数大楼窗户之间的隔墙，或者就数窗户本身，或者数门或门之间的空间，电车开得越快，我也就得越快地数，我无法控制自己，无法停下来，我想，这样下去那还了得，非数到发疯不可。因此为了避免数数儿强迫症的发作，每逢我在维也纳或者在别的什么城市乘电车时，时刻叮嘱自己不要往窗外看，干脆低着头盯着地上，这已经成了我的习惯，不过这要求很高的自我克制能力，我不是总能做到这一点。我的朋友保尔也患有这种数数儿强迫症，而且比我要厉害得多，他经常跟我说，这病症使他无法忍受乘电车出行了。他和我一样，也有这种常常将人折腾到快要疯狂的习惯，他走在石

1　安东·布鲁克纳（Anton Bruckner，1824—1896），奥地利作曲家、管风琴家。

板路面上，不是像别人那样不加选择地随便走，而是按照严格规定的一种秩序，比如说，每迈一步要跨过两块石板，脚踏到第三块石板上，也不是不加选择地、没有什么计划地大概其踏到石板中间就行，而是必须精准地或者踏到石板上端，或者下端，各按具体情况的不同而定。对于像我们俩这样的人，绝不可以有什么偶然和粗枝大叶，一切都必须具有纯属挖空心思想出来的几何、对称和数学特性。我曾观察过他那种如数数儿强迫症非常相似的强迫症，脚踏石板地面不是不加选择的，而是从一开始就按照精确规定的秩序。人们总是说对立的物体相互吸引，或者所谓异性相吸，但在我们俩身上所体现出来更多的却是共同点，我们有成百上千的共同之处，与他相识不久，这一点就引起了我的注意，就像我也引起了他的注意一样。如同我们具有成百上千的共同爱好一样，我们也有成百上千共同的反感；经常是一些人吸引我，这些人也吸引他；一些人让我讨厌，这些人也让他讨厌。但这自然不等于说，我们俩在任何情况下观点都相同，都有同样的喜好，都会同样地评判推断，自然根本不是这样。比如说他喜欢马德里，我则憎恨它。我喜欢亚得里亚海，他则憎恨它，等等。但是叔本华，我们俩都喜欢，还有诺瓦利斯[1]、

1　诺瓦利斯（Novalis，1772—1801），德国著名浪漫主义作家。

帕斯卡[1]、委拉斯开兹和戈雅[2]，但是那位完全毫无艺术技巧的格列柯[3]我们俩都同样地特别反感。在他生命的最后几个月，男爵先生的确如人们所说的，只是以往的一个影子，这影子逐渐还呈现出一种幽灵的特征，致使大家逐渐地疏远了他。我本人与保尔的影子之间的关系自然不如以前了。由于他蛰居皇家马厩胡同的寓所，常常数日闭门不出，我们几乎不再见面，很少相约聚会。在男爵先生身上，的确如通常人们所说的那样，生命的火花熄灭了。有几次我在内城暗地里观察他，他对此一无所知，我看着他如何吃力地在格拉本街上沿着店铺的墙走着，不停地注意保持与自己的身份相应的姿态，他朝煤市大街走去，直至圣米迦勒教堂，然后再走进皇家马厩胡同，的确只是一个人的影子了，这样说真的是恰如其分，面对这个影子我骤然心生恐惧。我不敢与他打招呼。我不想走上去与他见面，宁可让自己心里感到愧疚。我观察着他，抑制着心中的内疚，没有朝他走去，我忽然觉得特别怕他。人们通常避开那些垂死的人，不愿意与其见面，我现在也屈从于这种卑劣心态了。

1　布莱兹·帕斯卡（Blaise Pascal，1623—1662），法国哲学家、数学家、散文大师。

2　弗朗西斯科·德·戈雅（Francisco de Goya，1746—1828），西班牙画家。代表作品有《着衣的玛哈》《裸体的玛哈》《1808年5月3日夜枪杀起义者》等。

3　埃尔·格列柯（El Greco，1541—1614），西班牙著名画家。本名多明尼可·狄奥托可普利（Doménikos Theotokópoulos），因生于希腊，后被称为格列柯，意即希腊人。代表作品有《受胎告知》《拉奥孔》《揭开第五印》等。

在我的朋友去世前的最后几个月里，我是完全有意识地基于卑鄙的自我保护动机回避他，我真的不能原谅自己。我从大街的这一面观看着另一面的他，一个早就被这个世界注销了的人，但他仍然被迫留在这个世界上，留在这个他已不再是其中一员可仍然还得生活在其中的世界上。他那枯瘦的手臂上挂着购物网兜，里边放着他刚买的蔬菜和水果，那景象，用他的话说，真是荒诞，荒诞。现在他拎着它往家里走，自然总是害怕有人会认出他来，瞧见他这副穷困潦倒的可怜相，人家心里会作怎样的感想；也许从我这方面说，想要主动地保护他，也同样让我感到尴尬，以至于我不与他打招呼，不上前去见他，我不知道，是我在他这样一个实际上已与死人没有多大区别的人面前感到害怕呢，还是我觉得我还不到该走上他那条路的时候，就免了吧，不让他与我相见了，也许两者兼而有之。我观察着他，同时感到羞愧。我朋友已经走到了生命的尽头，而我仍然还活着，我觉得这是耻辱。我没有高尚的品格，我简直就不是一个好人。我像他的其他朋友一样疏远了他，因为我像他们一样想回避死亡。我害怕与死亡面对面。我朋友身上的一切都死掉了。最后那段时间自然他的身体都不能动了，我多么想与他见面，我也这样做了，只不过我这样做的次数越来越少，总是重新编造一些不靠谱的借口。

我们有时也还去萨赫咖啡馆，去国宾饭店，自然也去布劳伊纳霍夫咖啡馆，这对他是最方便的事。如果迫不得已，我就一个人去他那里，但我更愿意与一些朋友一起去看他，因为我的朋友保尔现在的情形很可怕，我希望他们来与我分担面对他产生的悚惧，一个人待在他那儿实在让我无法忍受。现在他的身体情况越糟糕，他的衣着就越讲究，他衣橱里那些特别值钱的、同时也非常时兴的衣服，是他从几年前去世的施瓦岑贝格侯爵那里继承下来的，正是这些体面和时髦的服装，使这位几乎走到人生尽头的人看上去益发让人心痛。但是他现在的模样绝对不是怪诞，而是令人震惊。实际上大家忽然都不要再与他来往，因为他们现在看到的，有时还拎着食品袋在内城行走着的，或者靠在屋墙精疲力竭站着的那个人，已经不是数十年吸引他们、愉悦他们、耐心地忍受他们的那个人，他能够用多得说不完的关于世界各地愚蠢行为的故事，来缓解他们的呆板和无聊，用他那机智风趣的掌故和逸事来对付他们的维也纳和上奥地利的迟钝和冷漠，对此他们自己从来无法办到。他荒诞不经地讲述自己在世界各地的旅行，毫无顾忌地描述和切合实际地揭露那个蔑视他、最终对他只有憎恨的家庭，他一向总是把这个家庭称作集天主教、犹太教和纳粹主义于一体的、取之不尽的珍奇藏品馆，他的描述和揭露

128

手法体现了他对反讽和讥诮的极大兴趣，展示了他那与生俱来的戏剧才华，可惜，这一切都过去了，人们今天再也听不到了。他现在有时还在某个地方讲述的，已经不再有大千世界广阔天地的那种气息和味道了，只有那种可怜的和死亡的气味。他的衣饰，尽管仍然还是以前那种讲究的、时兴的服装，但现在失去了以前那种在社交场合绽放出的光华，已然无从引起人们以前那种无条件的敬畏了，当初的光华减退了，撤掉了，剩下的只有寒酸和可怜，如同他还敢于讲述的一切一样。他也不再乘出租车去巴黎了，更不要说到特劳恩基尔兴或者纳塔尔，而只是脚上穿着毛线袜，带着一个小塑料袋，里边装有他那脏兮兮的、现在又成了他的最爱的运动鞋，蜷缩到某一节二等车厢的角落里，无所谓到格蒙登或是到特劳恩基尔兴。他最后一次到纳塔尔穿的是一件从未洗干净过的 polo 衫，这种运动衫是第二次世界大战后产生的，几乎已有半个世纪不时兴了，但对他这个痴迷于帆船运动的人来说很可体，他脚上穿着的是已提到过的运动鞋。现在他来到纳塔尔我家的院子里不再抬眼朝上看，而只是盯着地上。他心情不好，哪怕是我特别给他放的那最欢快的音乐，波希米亚管乐五重奏，也只能让他片刻忘掉他的悲伤。那些陪伴他一辈子、现在早已离他而去的人的名字总是出现在他的话语中。其实也无法真正地与他谈话，他说出来的只是些片言只语，任你怎样努力也弄不懂它们之间的关联。每当他觉得无人看他，他的嘴大部分时间总是张着，双手不停地颤抖。当我开车送他回特劳恩基尔兴，回他住的那个山冈时，他默默地紧紧抱着他的白色塑料袋，里边装着他在我纳塔尔家院子里给自己摘的几个苹果。在开车的路上我忽然想起了他在《狩猎的伙伴们》[1] 一剧首演时的表现。这部剧的演出失败得一塌糊涂，对此城堡剧院堪称功不可没，它为失败创造了所有的条件，参加演出的演员绝对是三流的，不久我就得面对这样的事实：他们没有哪怕片刻是在支持这出戏，没有哪怕片刻是诚心想演好它，没有。首先，他们没有弄懂这个剧；其次，他们瞧不起它，没有把演这部戏当成一回事。另外，出演这部戏的那些演员在某种程度上说，只不过是为应付演出临时凑合起来的班子，据我所知，出现这样的情况，他们脱不了干系，甚至于不能说只是负有间接责任，这出戏我原本是为保拉·韦塞利和布鲁诺·甘茨两位演员写的，但是邀请他们来演出这部戏的计划没有成功，因为城堡——人们习惯于这样来称呼城堡剧院，这是个既亲切而又荒谬的称呼——可以说是团结一致来抵制布鲁诺·甘

---

1 《狩猎的伙伴们》(*Jagdgesellschaft*)，伯恩哈德的剧本，1974 年在维也纳城堡剧院首演。

茨在城堡剧院登台演出，他们这样做，我认为不仅是害怕危及他们的生存，而且也是出自于难以遏制的嫉妒，布鲁诺·甘茨是瑞士戏剧界有史以来最伟大的演员，是非凡的戏剧天才，他使整个城堡剧团陷入极度恐慌之中，我称此为在艺术上面对强者挑战所产生的极度恐惧。城堡剧院的演员们当时甚至起草了书面决议，反对来自瑞士的这位杰出的艺术天才，并且威胁剧院领导说，一定要无论如何采取一切手段设法阻止他的参与，众所周知，他们最终确实也达到了目的，这件事情至今牢牢地留在我的记忆中，挥之不去，这的确是维也纳戏剧史上悲惨的，同时也是令人作呕的、有悖常理的事件，也是整个德语戏剧界永远无法洗刷的耻辱。在维也纳，自从有剧院以来，决定权的确不在剧院经理手中，起决定作用的是演员。经理，尤其是城堡剧院的经理，形同虚设，剧院里那些所谓受宠的演员，总是他们说了算，这些演员哪，应该讲，认为他们是弱智并不贬损他们，一方面他们对戏剧艺术一窍不通，另一方面他们是戏剧娼妓，厚颜无耻地糟蹋剧院和观众，观众如果不是数百年来，至少也是数十年来花钱观看这些城堡剧院的娼妓，让他们在自己面前搔首弄姿，展示他们最糟糕的演出。这些所谓受宠的演员名噪一时，但对戏剧的理解力非常低下，他们全面疏于演技的锤炼，一味地厚着脸皮利用他们在演艺圈的知名度，其实他们攀登上的高峰，是背离艺术的高峰，他们得感谢那些头脑迟钝的维也纳戏剧观众，是他们把城堡剧院这些低能的演员一下子捧成明星大腕，让他们数十年，多数情况下甚至直到他们去世，一直盘踞着城堡剧院。在布鲁诺·甘茨终于因那些卑鄙的维也纳同行的阻挠，无法参与该剧演出的同时，女演员保拉·韦塞利，第一位也是唯一的一位最适合扮演我剧本中女一号的演员，也退出了这个项目。事实证明，我与城堡剧院签订的《狩猎的伙伴们》演出协议实属荒唐，出现了这样的变故，我仍然无法停止协议的执行，最终不得不听凭他们，把一场我充其量只能称为平淡的演出作为首演，上面我已经暗示过，这次演出如同维也纳城堡剧院的许多演出，可以说几乎所有的演出，甚至于是不怀好意的，因为这些扮演主要角色的毫无才华的演员，几乎没有任何摩擦地就能与观众沆瀣一气，阴险地反对他们所演出的剧目，反对他们所演出的剧目的作者，维也纳演员有这个传统，几百年来他们乐此不疲，每当他们发觉，观众对眼前所看到的戏及其作者难以理解，大幕拉开后不久，观众席就出现对这部剧及其作者不接受的迹象，每当演员们发觉了这一点，维也纳的演员，尤其城堡剧院的演员，他们不是像通常欧洲的演员不言而喻要做的那样，为了作者及其戏剧，如果这剧本还是没有经过考验的新作，如通常所说的那样，去赴汤蹈火，而是相反，他们一旦发觉，观众在大幕开启后对所看到和听到的不是立刻喜形于色，他们便立刻背叛了作者及其剧作，千方百计地取悦观众，卖身投靠他们，将所谓的德语世界的第一舞台——他们如此过高估计自己多么幼稚可笑——变成了全世界首屈一指的戏剧妓院，他们出卖节操的行为，不仅仅出现在我的剧作《狩猎的伙伴们》首演的这个灾难性的晚上。城堡剧院的这些演员，我在顶层的楼座上看得很清楚，因为幕启后没有马上出现观众认可的反应，他们便立即站到反对我及我的剧本的立场上，与我及我的剧本对着干，整个第一幕戏演得糟糕透顶。仿佛他们是例行公事，被迫来演我的剧本《狩猎的伙伴们》，仿佛他们想说："我们对抗的是这部丑陋的、浅薄的、令人厌恶的戏剧，而不是强迫我们演出这部戏的剧院领导。我们演出这部戏，但我们不想与其有什么关联，我们演这出戏，是不值得的，我们演这出戏，是不情愿的。"他们立刻就与对此一无所知的观众联起手来，让我及我的剧本，如人们通常所说的，遭受毁灭性的打击，他们以此也出卖了我的导演，极端无耻地篡改了《狩猎的伙伴们》一剧的精神。毫无疑问我写的剧本与这些阴险的演员，艺术的叛徒，在首演中所表演的完全不是一回事。第一幕的演出我就几乎无法忍受，落幕时我跳起身来朝外跑，因为我意识到，他们蓄意地、别有用心地、不择手段地欺骗了我。其实大幕拉开后刚听了几句台词，我就知道演员们在对抗我，要毁掉我的剧，他们在演出一开始，便立刻用他们的伪艺术和取悦观众的投机把戏充塞了我的戏，他们出卖了我，他们本应该激情洋溢地做这出戏的助产士，却处心积虑地把我的戏弄得十分可笑。当我离开座位跑到衣帽存放处时，一位服务员问我：这位先生也不喜欢这部戏，是吧？我为自己的愚蠢行为感到气恼，我竟荒唐得把《狩猎的伙伴们》交给城堡剧院演出，竟与其签订了那样一份不明智的协议，我一口气跑下了楼来到剧院外边。我不能再哪怕片刻待在剧院里看这场《狩猎的伙伴们》的演出。我现在还记得，我从城堡剧院跑出来，仿佛不仅仅是从这个毁灭我戏剧的场所，而是从毁灭我整个精神才智的场所跑出来，沿着环路走了一圈，重又回到内城，自然还不能在愤怒地东奔西跑后立刻冷静下来。在演出结束后，我碰到了一些看过这场戏演出的朋友，他们大家都说，演出大获成功，他们就是这样说的，演出结束时全场掌声雷动。他们在撒谎。我知道这场演出只能是一场灾难，我的直觉从来是不会错的。当我们已经在一家饭馆里坐下后，他们还不停地说大获成功，掌声雷动。这些人睁眼说瞎话，我真想扇他们耳光。

他们甚至还对演员大加赞赏，这些演员是些什么人，他们最愚蠢、最不懂艺术，归根到底就是他们葬送了我的戏《狩猎的伙伴们》。唯一对我说实话的人不是别人，就是我的朋友保尔。他分析了整个演出，将其定位在对原作彻头彻尾的误解，认为这场演出完全失败，是厚颜无耻的维也纳文化的集中表现，是城堡剧院如何卑劣地对待作者及其作品的典型例证。他还说，你也成为城堡剧院里愚钝和阴险狡诈的牺牲品了，这并不让我吃惊，他说这对于我应该是一次教训。自然我们轻视那些说谎的人，尊敬跟我们讲真话的人。因此，我当然很尊敬保尔。垂死的人都缩头缩脑，不愿意与健康快活的、从不考虑什么死亡的人打交道。保尔就是这样，不仅缩头缩脑，而且整个人龟缩在家里。人们看不到他，只是时而有人打听到他。那些我与保尔共同的朋友询问我，我也问他们保尔在做什么。和这些朋友完全一样，我也没有勇气到他家去看望他，每当我坐在他的单元房下面的布劳伊纳霍夫咖啡馆喝咖啡，已经有很长时间了，总是我一个人坐在这里，旁边他那个座位空着，我望着皇家马厩胡同，忽然倍加憎恨起这家咖啡馆来了，不仅因为身边少了保尔，而且因为现在我单独一人没有他的陪伴，居然也一再来这里喝咖啡，每当我一个人坐在这里，我就想，我一生中没有比保尔更好的朋友了，他现在就在上面的他的家里，他的状况肯定很可怜，躺在床上动弹不了，而我竟然再没有去看望他，我的确是害怕直面死亡。我总是把想去看望他的想法从心里排除掉，最终我把他也从心里排除掉了。我只限于在我的笔记本中寻找那些与保尔有关的记载，现在看来，这些记载中的部分距今已超过十二年了，让它们把当年那个保尔呈现在我面前，作为我要保存到记忆中的保尔，那位生气勃勃的保尔，不是现在这个垂死的人。但是，我在纳塔尔和维也纳、在罗马和里斯本、在苏黎世和威尼斯所记载的，现在看来，归根到底不是别的，而是一个死亡的历程。我现在想，我与保尔相识的那个时候，也恰是保尔明显地走向死亡的时候，正如我的笔记所证实的，他的死我追踪、关注了十二年多。我从他的死亡过程中得到了益处，我尽我的一切可能利用它。我想，从根本上说，我就是持续了十二年之久的死亡过程的见证人，在这十二年里，我从我朋友之死中，为自己继续生存汲取了很多力量，有时我想，我的朋友是为我而死，他要离开人世，以便使我的生活，或者说得更确切些，我的生存，如果根本不可能持续很长时间，那无论如何也要变得可以忍受些，这个想法并非绝对情理难容。我的关于保尔的记载大多与音乐和罪有关。关于赫尔曼病房和路德维希病房，关于两个病房之间的紧张关系，关于威

136

廉米恩山——与我们的生命休戚相关的山，关于医生，以及关于 1967 年住在我们命运之山上的那些病人。关于政治、财富和贫穷，他根据自己的经验发表过很值得注意的见解，他是我一生中所认识的最为敏感的人，他的经验很值得注意。他蔑视当今社会，这个社会在所有方面否认其历史，因此这个社会，如他有一次所表述的那样，既没有过去也没有将来，陷入了原子科学那种呆钝状态：他抨击腐败的政府和狂妄自大的议会，同样他也抨击那些满脑子虚荣的艺术家，尤其是那些所谓擅长复制的艺术家。他质疑政府、议会、民众，以及那些创造性和所谓后创造性艺术及其艺术家，如同他不断地对自己提出疑问。他对待自然如同对待艺术那样，既热爱又憎恨，他以同样的激情洋溢和无所顾忌去热爱又憎恨人们。他作为富人看透了富人，作为穷人看透了穷人，同样他作为健康人看透了健康人，作为病人看透了病人，最终作为疯癫者看透了疯癫者，作为精神错乱者看透了精神错乱者。几十年前，他本人和他的朋友们曾共同炮制了一个传奇故事，他去世前不久，再一次让自己成为那个传奇故事的中心：他带着子弹已经上膛的左轮手枪，情绪十分激动地走进新市场街的克歇尔特珠宝店，这里曾经是他父母的房子，据报道，还站在门框中，他就朝站在首饰柜台后面的表兄弟戈特弗里德——当时是且至今仍然是这家珠宝店的老板——威胁道，交出珍珠否则就立即开枪。我朋友保尔的表兄弟戈特弗里德大吃一惊，据报道说，他惊慌地举起双手，我的朋友随后对他说：皇冠上的珍珠！[1] 这一切只不过是一场玩笑而已。据说这是保尔开的最后一次玩笑。珠宝店老板，我朋友的表兄弟，不懂得这是玩笑，非但如此，他立即看出，他的表兄弟，如所说的那样，精神病又发作了，必须得送到精神病院。据报道，他制伏了这个狂怒滥吼者，并通知了警察，警察随即赶到，将我的朋友保尔送到了施泰因霍夫。将会有二百个朋友参加我的葬礼，你得在我的墓前发表演说，保尔曾经这样对我说。据我所知，参加他的葬礼的只有八九个人，我本人那时正在克里特岛上写一个剧本，我把它完成后，立即又将它销毁了。我后来得知，在"袭击"了他表兄弟的珠宝店后，没过几天，他便与世长辞了，但很奇怪，不像我首先以为的那样——在如他自己所说的他真正的老家施泰因霍夫，而是在林茨的一家医院里。他被葬在，如人们所说，维也纳中央公墓。直到今天我还没有去过他的墓地。

---

1 "皇冠上的珍珠！"（Die Perle aus deiner Krone!）既是保尔的一句疯话，也是借用俗语 "Da fällt dir keine Perle aus der Krone!"（这无损于你的声誉！）表明所谓"打劫"不过就是使对方"稍许有失体面"。

注重语言表现力的伯恩哈德——代译后记

《维特根斯坦的侄子》的副书名告诉我们，这里写的是一场友谊，是书中的"我"与维特根斯坦的侄子保尔之间的友谊，而维特根斯坦就是 20 世纪最富有精神力量和原创性思维，无论其思想还是人格都极具魅力的那位奥地利哲学家路德维希·维特根斯坦。伯恩哈德在书中借"我"的口，称维特根斯坦是伟大的、持续不断令人激动不安的、具有颠覆性力量的思想家，感叹这样一位大哲却被其家庭称为叛逆，被社会视为疯癫，要正常地生活和科学研究只能离开奥地利。书中的"我"认为，保尔和他的叔父是同样的思想家，只不过他没有像他叔父那样将其哲学思想发表出来。所以在某种意义上可以说，虽然这本书中的"我"缅怀的是朋友保尔，但字里行间透露出的却是对哲学家维特根斯坦的欣赏和钦佩。

1982 年对于伯恩哈德来说极不寻常，我们不确切知道他当时的心态，但我们知道自 1970 年代后半期以来，他就意识到他的疾病已发展到了最后阶段，到了 1982 年，他明白他在世的时日已然屈指可数，他以超常的毅力和惊人的速度在这一年里完成了三部书，记述了对他一生至关重要的三个人：大部分篇幅缅怀他外祖父的《一个孩子》，思念他最要好的朋友的《维特根斯坦的侄子》，以及可以表现他与他的命中贵人斯塔维阿尼切克夫人之间关系的《水泥地》。伯恩哈德的《维特根斯坦的侄子》这本书，与迄今为止他的大多数散文作品截然不同的是，书中文字每每饱含情感，溢美、褒扬之辞常常见诸笔端。正如书中"我"所说："还有那些激昂慷慨的词语，这会儿都让我强行拿了过来，平常我是从来不喜欢使用它们的，现在我觉得这样做特别受用，我一点都不想削弱它们，降低它们的程度。我让所有这些词语，像令人精神清爽的雨水一样落到我的身上。"

这本书中的"我"在他最真挚的朋友去世两年后，回顾了他与其相逢、相识以及建立起毕生友谊的过程。当然不是编年史式的平铺直叙的讲述，而是如同"我"在随意翻阅十二年来关于朋友的记载，不注重前后次序，循环往复、浮想联翩。作品的主题是对朋友的缅怀、钦佩和惋惜，是对浅薄的世俗和鄙陋的社会扼杀天才的愤怒；作为伴随这个主题的副题是对自己的观察与剖析，是对反映在自己身上的人性弱点的自嘲和反讽。好似一部乐曲，作为主旋律的是对朋友的认识和评说，它以贯穿和重复的方式，循环往复七次，延展推进，逐步发展和加深。书的开始，"我"交代如何与保尔相识，如何因其杰出的音乐修养而成为"我"的异乎寻常的朋友。然后"我"运用了长达数页的排比句，表现两人如何生病，如何病重，如何一起住到了医院的情形，讲述了两个人许多共同之处。第三次，"我"再次评价朋友："我不期而遇有了一位真正的朋友，他甚至能理解我头脑中那种最不着调的想法，我的头脑可不那么单纯，它相当复杂和放荡不羁，保尔他不但理解，而且有胆量来听取我头脑中那些古怪荒诞的想法……哪怕我有时只是如人们所说的试探性地开始一个话题，这话题也会准确无误地在我们的头脑中朝着应该发展的方向发展……这之前我从未认识过哪个人，具有更敏锐的观察才能，更深刻的思维能力。"第四次"我"将朋友保尔与其叔叔作对比评述，认为"他们两位绝对都是非同寻常的人，拥有非同寻常的大脑"，后者出版了他的大脑，而前者没有。甚至可以说，后者将其大脑所思付之于文字发表，而前者则将其大脑所思付之于实践。第五次，在讲述了朋友如何痴迷音乐和赛车后，"我"躺在病院里激动地思念他："我忽然渴望见到这个人，见到这唯一的一位能以适合我的方式同其谈话的男性朋友，同他有一个共同的话题，无论这话题是什么性质的，哪怕是最困难的，也能谈得头头是道，谈得继往开来。

已经有多久我没有进行这样的谈话了，已经有多久我缺失了倾听的能力，缺失了既阐释同时又接受的能力……现在我躺在赫尔曼病房里，才知道我缺失了什么……才知道我要想生存下去从根本上说我不能缺少什么。我有朋友，最好的朋友，但是我想，没有一位可以在创造力和想象力上，在敏锐的感觉方面与我的朋友保尔相比……"随着保尔的生命日渐垂危，"我"对朋友的思念更加强烈，第六次评价他："没有什么问题能难住他，让他无法与你一起探讨和深入地思考，更有甚者，他经常正好在那些原本我所熟悉的领域让我觉得尴尬，原本我坚信在那里我最有发言权，结果反而是他在指导和纠正我。经常我在想，他是哲学家，而我不是，他是数学家，而我不是，他是内行，而我不是。更不要说在音乐方面，几乎没有什么不让他立刻思如涌泉，不引起他立刻开始关于音乐的引人入胜的讨论。"当保尔行将就木时，"我"坐在公园长椅上，第七次感念他，真挚情感的宣泄达到高潮，出现了畅抒胸臆的激情华彩乐章："是他让我的生活发生了改变……是他影响了我……使我了解了很多我感到完全陌生的事物，给我指示了以前我并不知道的道路，为我打开了原本对我紧闭的大门，让我这样一个很可能在乡村纳塔尔这个地方颓废、潦倒下去的人，重新找到了自己，在关键的时刻挽救了我。的确，在我认识我的朋友保尔之前的许多年，如果说不是处在一种必须与意志消沉作抗争的阶段，也是陷入了一种深度的病态抑郁……我经常十分悲观，几乎想要亲手结束自己的生命……也许就是在我处于绝望的顶点时，保尔出现了……当时对我来说他全然是另外一种人，一种新人，加之他的姓又是几十年来我心中唯一充满敬佩的姓氏，所以我立即感觉到这个人是我的救星。"

作为副题的自我观察和剖析与主题交错在一起，形成了诸如"咖啡馆依赖症""城乡之短长""健康人与病人的较量""受辱于文学颁奖""丑陋、阴险的城堡剧院"和"驱车数百里找不到《新苏黎世报》"等段落，表现了在敌视创造精神的环境中，面对社会和家庭的骄横权力，天才和艺术是多么沮丧和无奈，从而有力地烘托和帮衬了主题。主题与副题，段落与段落的衔接，常常运用类似于顶真格的方式（所谓鱼咬尾），比如重叠使用"关系"一词来连接讲述保尔与其叔父的段落和"我"与保尔的段落。再有运用"呼应"的方法，比如从"我"和保尔在大自然中很快就会"精疲力竭"，到"我"和保尔到处寻找报纸折腾得"精疲力竭"，使讲述婉转递传，环环相扣，给人以情绪饱满、一气呵成的感觉。

越来越多的评论家注意到，他的很多书，无论在篇章结构还是在语言表达上都富有音乐作品风格。正如伯恩哈德自己曾说："我怎样写与音乐有关，首先是音乐结构，至于写什么那是第二位的。"我认为《维特根斯坦的侄子》是其著作中最具音乐特点的作品之一。或许正是因为这部作品表现的内容，其浓重的抒情特征，决定了这部作品的形式。尤其应该指出的是，作品富有的音乐旋律，不仅来自篇章的音乐结构，而且产生于词句之中。首先，《维特根斯坦的侄子》中大量的含有多重副句的长句起承转合，构成一个个单位，众多这样的单位组织在一起，便形成了跌宕起伏的旋律。其次，注重词句声响的营造，比如运用一些句子经过变形一再出现，制造出重复的声调；比如让一些句子通过重音、节奏和词组的对应押韵，增加文字的表现力度，类似于诗歌的韵律；再比如，遣词造句时注意根据内容选择运用悦耳的音素和不悦耳的音素，书中有一个长句，内容是说保尔住医院长达数月，该医院大夫、他的舅父萨尔策教授，竟然一次也没有看望过近在咫尺的他的外甥。句中，擦音"w（v）"和边音"l"都出现了二十多次，从声音上表现了对这位著名的萨尔策教授的不满。

鉴于这本书的音乐特征，维也纳人民话剧院曾将此书作为独角戏搬上舞台，只增加了一个没有台词的女佣。唯一的一位演员在一个半小时里，把一本长达160页的书朗读给观众，受到上千名观众的欢迎，可见伯恩哈德的语言所具有的魅力，也显示了奥地利观众的不同凡响的语言欣赏力。在奥地利的文学传统中，对语言表达的重视和痴迷由来已久。

当我们读完了这本书，掩卷回味它时，竟不十分清楚它是怎样的一本书。是小说吗？伯恩哈德的确有保尔这个朋友，他们的确同时住在医院里。"受辱于文学颁奖""丑陋的城堡剧院"等也的确是伯恩哈德的亲身经历，书中的人名地名都是真实的。是传记吗，还是回忆录？但书中的讲述是夸张的，很多细节显然是编造的，比如，现实中威廉米恩山上的医院没有以男人的名字命名。在这本书里，主人公的讲述与作者的讲述交织在一起，真实与虚构交织在一起，生活与艺术交织在一起。伯恩哈德曾说过，他"从未写过小说……也从未想写什么自传"[1]，他认为，一方面，不存在完全客观的写作，另一方面，他也没有必要去杜撰，因为现实本身就够丑陋的了，只需要把它集中和凸显出来。对他来说，重要的是找到恰当的语言形式，即所谓曲调和节奏，于是以文字表现的乐曲便开始了，其中有潺潺溪水，也有急流瀑布，或急或缓，滔滔不绝。

1　Sepp Dreissinger (Hg.), *Von einer Katastrophe in die andere: 13 Gespräche mit Thomas Bernhard*, Bibliothek der Provinz, 1992, p.107.

因此读他的散文作品（亦称小说），的确需要像欣赏音乐作品那样，倾听每个章节、每个段落；注意主旋律和非主旋律。比如在《消除》中，我们如果仔细去品味，可以读出他通过书中人物诗人玛丽雅对奥地利女作家巴赫曼诚挚的情感，对其为人由衷的赞叹。在《水泥地》中，年轻的赫尔特尔不堪习惯力量的压迫，难以忍受国家官僚机构的冷漠，摔死在冰冷坚硬的水泥地上，给讲述者造成的震惊，让人联想到伯恩哈德得知巴赫曼在罗马突然死亡而感到的震惊。伯恩哈德独树一帜的文学个性，首先在于他形成了自己的富有音乐特色的语言，正如达梅劳指出的："伯恩哈德在青少年时代到处找不到家的感觉，最终这种感觉在他自己的极端个性化的语言中找到了……对语言的怀疑使他形成了独特的语言风格，在后期作品中运用得非常娴熟。可以说伯恩哈德是 20 世纪最后的一位语言大师。"[1]

马文韬

2009 年春于芙蓉里

2023 年春修改

1　Burghard Damerau, *Selbstbehauptung und Grenzen: Zu Thomas Bernhard*, Königshausen & Neumann, 1996, pp.93-94.

托马斯·伯恩哈德生平及创作

1931　托马斯·伯恩哈德生于荷兰海尔伦。母亲赫尔塔·伯恩哈德与阿洛伊斯·楚克施泰特未婚怀孕。赫尔塔于1930年夏离开奥地利，到荷兰打工做保姆，1931年2月9日生下托马斯。操木匠手艺的生父不承认这个儿子，逃脱责任去了德国。这年秋天，母亲将托马斯送到维也纳她父母家里。

1935　外祖父母迁居奥地利萨尔茨堡州的泽基尔兴，外祖父约翰内斯·弗洛伊姆比希勒是位作家，很喜欢托马斯这个外孙。

1936　母亲赫尔塔与理发师埃米尔·法比安在泽基尔兴结婚。

1937　继父法比安在德国巴伐利亚州找到工作，母亲带托马斯随后也到了那里。

1938　生父楚克施泰特与他人结婚。母亲生下彼得·法比安，托马斯的同母异父弟弟。

1940　母亲生下苏珊·法比安，托马斯的同母异父妹妹。

生父楚克施泰特在柏林自杀。

| 1941 | 母亲与托马斯不睦，托马斯作为难以教育的儿童被送到特教所。 |

1941　母亲与托马斯不睦，托马斯作为难以教育的儿童被送到特教所。

1943—1945　在萨尔茨堡读寄宿学校，经历了盟军对萨尔茨堡的轰炸。

1946　法比安一家被逐出德国，移居萨尔茨堡。一大家人包括外祖父母，挤在拉德茨基大街两居室单元房里。托马斯读高级中学。

1947　托马斯辍学，在萨尔茨堡贫穷的居民区一家位于地下室的食品店里当学徒。

1948—1951　托马斯患结核性胸膜炎，后来加重发展成肺病，在多处医院住院治疗，在寂寞、无聊，甚至绝望中，他开始了阅读和写作。

1949　外祖父去世。

1950　结识斯塔维阿尼切克医生的遗孀——比他大三十七岁的黑德维希·斯塔维阿尼切克女士，她直至1984年逝世始终支持伯恩哈德的文学活动。通过这位居住在维也纳的挚友，正在开始写作的伯恩哈德接触了奥地利首都的文化界。伯恩哈德在他的散文作品（亦称小说）《维特根斯坦的侄子》中借助主人公"我"说，"我有我的毕生恩人，或者说我的命中贵人，在外祖父去世后她是我在维也纳最重要的人，是我毕生的朋友……坦白地讲，自从她三十多年前出现在我身旁那个时刻起，可以说我的一切都归功于她"，这就是伯恩哈德对这位女士的评价。伯恩哈德的母亲去世。

1952	发表文学创作处女作：诗歌《我的一块天地》，刊登在《慕尼黑信使报》上。
1952—1955	通过著名作家卡尔·楚克迈耶的介绍，担任萨尔茨堡《民主人民报》自由撰稿人。与斯塔维阿尼切克女士一起到意大利威尼斯、南斯拉夫等地旅行。
1955—1957	在萨尔茨堡莫扎特音乐学院学习声乐和表演。
1957	发表第一部著作：诗集《世上和阴间》。
1960	参加戏剧演出。
1963	散文作品《严寒》由德国岛屿出版社出版，引起德语国家文学评论界的注目，报界认为这是文学创作一大重要成就。到波兰旅行。
1964	发表短篇《阿姆拉斯》。获尤利乌斯·卡姆佩奖。
1965	在上奥地利州的奥尔斯多夫购置一处旧农家宅院，后来又在附近购置两处房产，整顿和装修持续了几乎十年。由于伯恩哈德的身体状况，医生要他经常去欧洲南部有阳光和空气清新的地方，实际上他很少住在奥斯多夫这一带，但是这些地方成为他作品里人物活动的中心。获德国自由汉莎城市不来梅文学奖。
1967	发表长篇《精神错乱》。获德国工业联邦协会文化委员会文学奖。由黑德维希·斯塔维阿尼切克女士资助，伯恩哈德住进维也纳一家医院治疗肺病。从此黑德维希伴随伯恩哈德经历了他生活中的喜怒哀乐。她成为伯恩哈德生活的中心，反之亦然。在《历代大师》中，主人公雷格尔回忆妻子的许多话语反映出伯恩哈德与她之间的关系。

1968 发表散文作品《翁格纳赫》。获奥地利国家文学奖和安东·维尔德甘斯奖。

1969 发表散文作品《玩牌》、短篇集《事件》等。

1970 第一个剧本《鲍里斯的节日》由德国著名导演克劳斯·派曼执导，在汉堡话剧院首演，之后德语国家许多知名剧院都将该剧纳入演出计划。后来派曼应邀到维也纳执导多年。伯恩哈德的杰出戏剧成就在某种程度上得益于这位导演的艺术才华。同年发表散文作品《石灰厂》。获德国文学最高奖毕希纳奖。

1971 到南斯拉夫举行朗诵作品旅行。发表散文作品《走》和电影剧本《意大利人》。

1972 由派曼执导的《无知者和疯癫者》在萨尔茨堡艺术节首演，由于剧场使用方面的一个技术问题与萨尔茨堡艺术节主办方发生争执，该剧被停演。获弗朗茨·特奥多尔·乔科尔文学奖和格里尔帕策奖。退出天主教会。

1974 戏剧作品《狩猎的伙伴们》在维也纳城堡剧院上演。《习惯的力量》在萨尔茨堡艺术节上首演。获汉诺威戏剧奖。

1975 自传性散文作品系列第一部《原因》问世。戏剧作品《总统》首演。发表散文作品《修改》。

1976 戏剧作品《著名人士》《米奈蒂》首演。发表自传性散文作品《地下室》。获奥地利联邦商会文学奖。萨尔茨堡神父魏森瑙尔把伯恩哈德告上法庭，指控《原因》中的人物弗朗茨是影射他，玷污了他的名誉。

1978	发表剧本《伊曼努尔·康德》、短篇集《声音模仿者》、散文作品《是的》(即《波斯女人》),以及自传性散文作品《呼吸》。
1979	伯恩哈德以戏剧作品《退休之前》参加关于德国巴登-符腾堡州州长是否具有纳粹背景的讨论。在联邦德国总统瓦尔特·谢尔被接纳进德国语言文学科学院后,伯恩哈德宣布退出该科学院,不再担任通讯院士。
1980	德国波鸿剧院首演《世界改革者》。
1981	戏剧作品《到达目的》首演。发表自传性散文作品《寒冷》。
1982	发表长篇散文作品《水泥地》《维特根斯坦的侄子》,以及自传性散文作品《一个孩子》。戏剧作品《群山之巅静悄悄》首演。
1983	散文作品《沉落者》问世。
1984	戏剧作品《外表捉弄人》首演。发表散文作品《伐木》引起麻烦,由于盖哈德·兰佩斯贝格声称名誉受到该作品诋毁而起诉了作者,该书被警方收缴。翌年兰佩斯贝格撤回起诉。进入1980年代,黑德维希·斯塔维阿尼克切克健康状况变坏,1984年病故,在维也纳格林卿公墓与其丈夫埋葬在一起。
1985	发表长篇散文作品《历代大师》。萨尔茨堡艺术节上演《戏剧人》。
1986	戏剧作品《就是复杂》在德国柏林席勒剧院首演。萨尔茨堡艺术节上演《里特尔、德纳、福斯》。发表篇幅最长的、最后一部散文作品《消除》,一出

奥地利社会的人间戏剧，主人公的出生地沃尔夫斯埃格成为奥地利历史的基本模式。

1987　发表剧作《伊丽莎白二世》。

1988　由派曼执导的伯恩哈德的话剧《英雄广场》提醒人们注意50年前欢呼希特勒的情景并没有完全成为过去，由于剧情提前泄露引起轩然大波，奥地利第一大报《新闻报》抨击该剧"侮辱国家尊严"，某位政治家要求开除剧本作者的国籍，部分民众威胁作者和导演当心脑袋，演出推迟三周后才冲破重重阻力，于11月4日在维也纳城堡剧院首演，演出盛况空前，引起欧洲乃至世界的关注。

1989　2月10日伯恩哈德在遗嘱上签字，主要内容是在著作权规定的70年内禁止在奥地利上演和出版他已经发表的或没有发表的一切著作。由于长期患肺结核和伯克氏病，并出现心脏扩大症状，加之呼吸困难和心力衰竭，2月12日伯恩哈德在上奥地利州的格蒙登逝世。2月16日遗体安葬在维也纳格林卿公墓，与其命中贵人黑德维希·斯塔维阿尼切克女士及其丈夫葬在一起。

文景

社 科 新 知　文 艺 新 潮

Horizon

维特根斯坦的侄子：一场友谊

[奥地利] 托马斯·伯恩哈德　著

马文韬　译

出 品 人：姚映然
责任编辑：高晓明
营销编辑：高晓倩
装帧设计：XYZ Lab

出　　品　北京世纪文景文化传播有限责任公司
　　　　　（北京朝阳区东土城路8号林达大厦A座4A　100013）
出版发行　上海人民出版社
印　　刷　山东临沂新华印刷物流集团有限责任公司
制　　版　南京展望文化发展有限公司

开 本：787mm×1092mm　1/32
印 张：5　字 数：86,000　插 页：2
2025年4月第1版　2025年4月第1次印刷
定 价：59.00元
ISBN：978-7-208-17561-7 / I·2001

　　图书在版编目（CIP）数据
　　维特根斯坦的侄子：一场友谊 / (奥) 托马斯·伯
恩哈德 (Thomas Bernhard) 著；马文韬译．—上海：
上海人民出版社，2022
　　书名原文：Wittgensteins Neffe. Eine
Freundschaft
　　ISBN 978-7-208-17561-7
　　Ⅰ．①维…　Ⅱ．①托…②马…　Ⅲ．①中篇小说—奥
地利—现代　Ⅳ．①I521.45
　　中国版本图书馆CIP数据核字（2022）第000915号

本书如有印装错误，请致电本社更换　010-52187586

社 科 新 知　文 艺 新 潮　｜　与 文 景 相 遇

微信公众号

微　博

豆　瓣

bilibili

抖　音

小红书